如歌的行板

李雅文　著

北京邮电大学出版社
www. buptpress. com

内 容 简 介

本书由诗歌、散文、读后感、书信和日记等多种体裁组成，记录了作者温馨的童年和多彩的校园时光。书中既有作者对于故乡遥远而亲切的怀想，也有作者青春时期“一路风尘，一路欢歌”的艰难成长。通过描绘人生境遇的跌宕，展现了作者在命运的海洋里搏击风浪的坚强，以及对光明与美的热望。希望藉由此书，激励所有成长中的心灵，努力活得尽心、尽情、尽兴。

图书在版编目(CIP)数据

如歌的行板/李雅文著.--北京：北京邮电大学出版社，2012.9

ISBN 978-7-5635-3071-7

Ⅰ.①如…　Ⅱ.①李…　Ⅲ.①中国文学—当代文学—作品综合集　Ⅳ.①I217.2

中国版本图书馆 CIP 数据核字(2012)第 096332 号

书　　名：如歌的行板
作　　者：李雅文
责任编辑：何芯逸
出版发行：北京邮电大学出版社
社　　址：北京市海淀区西土城路 10 号(邮编：100876)
发 行 部：电话：010-62282185　传真：010-62283578
E-mail：publish@bupt.edu.cn
经　　销：各地新华书店
印　　刷：北京联兴华印刷厂
开　　本：720 mm×1 000 mm　1/16
印　　张：12.25
字　　数：172 千字
版　　次：2012 年 9 月第 1 版　2012 年 9 月第 1 次印刷

ISBN 978-7-5635-3071-7　　定　价：29.00 元

前 言

一

正如《麦克阿瑟回忆录》里所说："回忆是奇美的，因为有微笑的抚慰，也有泪水的浸润。"

当我在抽屉深处的旧U盘里，在电脑中某个被遗忘已久的文件夹里，在被老师影印的方方正正的考场作文纸上，在书柜中一摞发黄的校刊、校报、作文选集里，在一个个花花绿绿的硬皮日记本里，翻出曾经的自己，就像走在黑茫茫的街上，抬头瞥见昨夜星辰。它们时刻提醒我，自己是个幸福的人。

然而，被捡拾起来的，只是幸运的零言碎语。那些浩如烟海的字字句句，却被永远地湮没在了光阴的长河里。所以，我很珍惜这样的机会，能够将那些断章残句整整齐齐地陈列在一起，仿佛构筑了一座私人博物馆，得以从中窥见成长的秘密，收获进化的惊喜。

一直以来，我最爱读的，都是那些带着浓厚生活气息的自传体文字。无论是朱天心的《击壤歌》这样情真意切的青春纪念册，还是齐邦媛的《巨流河》那样沉静坦诚的回忆录。这样的阅读对我来说，如同一次奇妙的旅程，途经他人的人生，看到满目鳞次栉比的风景。

也许我笔下的生活，远不及他人书中的卓尔不群、波澜壮阔，然而这些文字所建筑的，本就不是某栋高高在上的空中楼阁，而是此时此刻此风此月此花此雨之间的我。而我相信，最真的，都是最美的。

二

时至今日，最大的遗憾是，那个百般耐心教会我写第一个字的人，当初离开得太匆忙。我的文章变成了散发着油墨香的铅字，她却再也看不到了。她是我的姥姥，名字叫墨兰。

我总是情不自禁地想起，童年那一个个春风和煦的下午，姥姥用白色的石头，在水泥地上一笔一划地教我认字，姥爷从阳台探出头来，微笑地望着我们。阳光温柔得有些奢侈，地上的字看起来像一篇金黄色的诗。

如今，姥姥还时常在我的梦里出现，每次看到那张熟悉又平静的脸，总觉得心里有万语千言。因而，我也习惯了在每年清明写点东西给她。有诗、有信，还有一些半长不短的文章，都收录在这本书里。

我知道，这世上总有些东西是我们无能为力的。我无法赤手空拳搏击时光这个庞然大物，也不能留住亲人老去的脚步。我所能做的，大概只有以梦为马、以笔为剑，在年轻的战场上，走出自己的一片天。相信总有一天，我会告别灰扑扑的生活，成为最容光焕发的一个。这样，当我像《泰坦尼克号》结尾处的 Rose 一样，白发苍苍地站在甲板上，也可以如释重负地对牵挂的人说——你看，我还没有向这该死的世界投降，都是因为害怕让你们失望。

三

说起来，这个关于文字的梦想源远流长。记得小学毕业时，我自作主张找了一家打印店帮忙，把作文本上歪歪扭扭、带着老师鼓励的红色批语的文字整理录入，将那些第一天上学、第一次一个人放学走路回家、第一次看话剧、第一次主持节目、第一次养蒜苗的经历，装订成了一个绿色塑料皮的本子，美其名曰“李雅文作品集”。

而初中的时候，几个语文老师常把我黑色硬皮作文本，在几个班级之间传阅。上课间操的路上，偶尔会被其他班的同学认出来。他们走上前来，热情地与我交谈，讨论着我某篇文章里的某段话，就像老朋友一样。每到那时，心里总是感觉暖暖的，好像笔下的文字长了脚，替我走到了意想不到的远方。

也会想起高中时代，那些因为文字而亮丽起来的生活。我被任命为班刊主编，与班主任和几位同学一起，收集着军训、运动会上生动的照片，和大家幽默诙谐、温婉朴实的文字，煞有介事地排版作序，整理装订成册。虽然这份刊物只持续了一年，但那些美丽的心情，在泛黄的纸张上依然鲜活。我加入了文学社，也成为了校刊《流石》最早的编辑之一。这个创刊时只有我们几个编辑的文章的刊物，已经在这所校园里蓬勃生长，形成了自己独特的风格和文化，多次在全国校园刊物的评选中获得特等奖。

前些天，我在高中班主任黄春老师的带领下，参观了学校新近分给校刊的地下活动室。一排排书架，满满当当地摆放着各期校刊。我穿梭于其中，抚摸着落灰的书脊上无言的岁月，百感交集。我把过往的刊物一期不落地搬回家，却发现，自己已很难再与那些澎湃的心对话。那一瞬，忽然很想对师弟师妹们说，珍惜这一去不返的青春啊，诗酒趁年华。

回首二十载流年似水，想起人们常说，这世界上唯一不变的就是变。可是那些旧时光，仍在灵魂深处歌唱。感谢这本书，让我将谜一样的过往渐次取出行囊，不再羞于面对那个苍白、脆弱又无知的自己。也能潇洒地挥挥手，从容地在遗憾里徜徉。因为生命的美丽之处，正在于午夜梦回的幡然领悟，在于阵痛之后的破蛹而出。

而那些勤勤恳恳的，跌跌撞撞的，肆意妄为的日子，都叫做青春。

四

记得大一刚入学时，我忐忑地抱着高中时期所有的作品，去《北邮今周》面试。负责面试的学长细细读了我的文章，不仅把文学部长的职务交给了我，还手写了一封信给我。他说："若真是热爱文学，就需付出加倍的努力。因为这里毕竟是一所工科学校，我在这儿后知后觉两年后突然发现，自己的才气竟消失了这么多。所以我尤其不愿看到有人重蹈覆辙。在北邮，也不能忘了自己的信仰。"

如今，我也到了大三下学期，正是学长当初写那封信的年纪。我在北邮历经了三番冬夏，并且深深地爱上了它。在这里，我曾为了一次次重要的考试挑灯夜战，默默喟叹追求卓越的艰难；在这里，我曾为了一个个竞争激烈的竞赛呼朋引伴，共尝成功的喜悦与失败的酸楚；在这里，我曾在羽毛球馆、网球场上举着球拍挥洒汗水，在活动中心合着音乐的节拍翩然起舞；在这里，我每夜眺望西土城墙边老人们放起的挂着彩灯的风筝，它们随着我的梦想在天空飘荡，自由而辉煌。

就这样，我自得其乐地做着这所工科学校里罕见的文科生，保持着不曾间断的阅读习惯，赶场般地奔赴各类讲座、话剧与音乐节的现场。我加入了一个叫做《明信》的校园刊物，开始了第一次"自产自销"的尝试。我还认识了不少志趣相投的朋友，也对一些跨学科的领域跃跃欲试。

我想对那个早已失去联系的前任部长说，我不确定自己的生活中是否还有信仰，我只知道，自己仍会继续日复一日地为前程奔忙。站在二十岁的尾巴上，未来像一片深不可测的海洋，彼岸也许是海市蜃楼梦一场。就像顾城说的，"生活在一片荒凉的碱滩上，只许生存，不许希望。"不过，日子再怎么压抑，也挡不住内心的触角左摇右晃。

就算在漫长的一生里，很多时候我们都像个尴尬的过客，想要逃遁却不得；就算那些我所珍爱的，在别人眼里都是不值一提的东西；就算我的心，仍然被炙热的生活翻来覆去地煎烤，像熟肉串那样滋滋作响。我也依然会从容地踽踽夜行，用一点文字的余温挡寒入梦。更要一步步走出自己庸庸碌碌的小圈子，尝试着与这个世界对话。不是人云亦云流于形式的嘈杂，而是一种真诚坚定的自我表达。

就这样吧。与书为伴，以笔为友，在贫瘠的土地上，在粗糙的日子里，昂首阔步地、心无旁骛地走向光明。

五

全书付梓赶上一个特殊的时期，我正在期末考试和论文、创新论坛答辩、夏令营申请的种种 deadline 之间辗转腾挪，亦在关于未来的各种选择里颠沛流离。日子紧凑得像赶集，甚至使我无从好好梳理一下心绪，为这本镂刻着青春之印的文集写一篇正儿八经的序。

不过，仍然感谢爸妈的坚持，使这本书最终得以面世——如果让我用整个青春来讲述一个故事，你们就是当之无愧的男女主角。感谢初中的吕美花老师和高中的黄春老师，是你们赋予我笔墨，用稚拙的字句为芳醇的生活而歌。感谢师叔 Relief，在考研复试的关头拨冗为我作序。

感谢生活，给了我热得发烫的梦想，还有亲朋和远方。或许眼前的世界并不是我想象的模样，不过，还是不肯浇灭余烬中燃起的一点光亮。其实是我太贪心了，最好的时光是有你们在身旁。无论流光溢彩，亦或平淡苍白。谢谢你们的爱。

谨以此书，献给似水流年里所有的喜悦和悲辛，献给书里书外的每个故事和每个人。

青春是一条光荣的荆棘路，为勇者铺满了祝福。

那么，走下去吧。路不尽，人未老，行板如歌。

序一

一个能借着整理生活的便当，来排码文字的人，是生活的有心人。

一个能借着排码文字的便当，来整理生活的人，是文字的有心人。

无论是对待生活，还是对待文字，有心，就好。

一

五年前的那个夏天，在北京四中的校园，在我的办公室里，我第一次见到李雅文小姑娘。刚入高中的她，应了我的要求来校见我这个班主任，连同她的母亲。

瘦小的很。有两颗牙一左一右地在嘴角处旁逸斜出。轻言轻语，话不多。

见着我是一个语文老师，她也许还是头一回在班主任面前这么放松。因为她似乎为自己的那点儿爱好，找到了一个安全的归宿。的确，在一个“天下高考，匹夫有责”的时代里，想要务点儿“不正之业”，是需要寻求庇护的，何况是爬格子，并不能比于唱歌跳舞。于是，经过一番“双向选择”，我便充当起了这个并不光彩的角色。幸而有着“北京四中”这把大大的保护伞，我和她躲在这伞下，起初，也还都算比较悠哉。

我主张创办班刊的时候，雅文小姑娘是主编，她志愿，我钦批的。她为班刊取了个非常“雅文”的名字“如歌的行板”。我给这个刊名写了释章，登在创刊号的扉页上。我俩配合得很好。等文稿全齐，方才虑及梓费。记得她竟曾说服了她的母亲为我们班买台超级大的激光打印机。我怕顶了“搜刮家长”的时髦罪名，忍痛割爱，谢绝了。

《如歌的行板》，只办了四期，主编雅文小姑娘就在全校出名了，并由此得名：诗人。

《如歌的行板》，只办了四期，主编雅文小姑娘就卸任了。因为，我们班很快就换了新的班主任。

《如歌的行板》，只办了四期，也似乎只有我和她，至今都保留着。

我主张创办的校刊《流石》，至今还办着的，已经第十八期了。因为四中在我在的这些年来，至今还没有新的校长来接管。

雅文小姑娘是编辑，她自愿，我授意主编特别聘用的。

瘦小的她，做起事情来，是很认真的。这点，很符合小个子人的特性，大咧不起来。

其实，过于认真，不是一件什么好事情。鲁迅说，范爱农就坏于认真，韦素园也坏在太过于认真。

这不，由于班刊校刊责任在身，她的数学日渐地学不会了。乃至于后来被人干脆以“投其所好”的名义，将她送进了文科班。当然，她自己也不至于太过不乐意。要不，她如今怎么会在一个理工科的校园里，学着被人忽略不计的文科的专业，还活得照样悠哉悠哉呢？

唉，不知道，我们不大相见的这几年里，她的认真，有没有些改变。

二

一天，我的微博粉丝里多了个熟悉的身影，我记起来，那是雅文的母亲。

她留言给我，说是有事相求，要我的手机号码。向来就常有毕业的学生（或其家长）找回来：有得不到某女生近况而来问我她是否和我保有联系的——即便如此我也不敢说啊，有忽然想起某个手机不见了而来问我当年是不是存在我这里了的——事实上我从不没收手机；也有交了朋友而带到我这里来请我“过目”的，也有打算移民长久不回祖国而带了洋巧克力到我这里来和我“道别”的，也有忽然念及师恩而被爸妈带着到我这里来请我吃饭的——这个比较少……

冲着这个较少的概率，我往往是有求必应。

后来就收到雅文母亲的短信：

“黄老师好，我是雅文妈妈，雅文想出本书，想请您指导一下，雅文想请您写个序，您看行吗？”

尽管这是家长有事相求中的第一例，但我也并不感到完全的意外：雅文迟早是要出书的；她出书的时候应该是会想到我的，嗯，至少会送一本来给我，我想。

然而，我并未想到过她会请我给她的“处女书”写序。一来我的名字不能给她的书增添“粉团”，这一点她是应该知道的，毕竟在北邮的地盘里，谁也不认识我；二来我也还未老到写序的年纪，尽管顶已秃，腰已突，足已损，这一点，她未必知晓。

我回短信说：“我写序，是无法给她的书添光彩的。”

她回短信说：“雅文说就只请您写。”

哇！我顿时无比清晰地感觉到了虚荣心膨胀时的幸福感：

“那好吧，我尽力。”

就这样，我一口气读完了雅文小姑娘（不对，该是大姑娘了吧）的即将付梓的处女书稿，并断断续续地着手写作本文。

写着写着的某个时候，我忽然想到一件事情：我自己还没有出书呢。如果有那么一天，我是不是也请个学生帮我写序啊。估计这会成为一个卖点。

就这么定了。

因此，我必须先给我的学生写序言。时髦话叫做“攒 RP”。

三

在拜读雅文姑娘书稿的这些天，正值我空前而绝后（希望是这样）地为生活而忙乱的时期。夫人出差在外。两岁多的女儿需要和我形影不离。患了癌症的岳父大人在京求医。老家在翻修几间旧屋，一个电话一个电话地要我拿主意，拿钱。同事去参加全国教学大赛，丢下几个补习班的课让我给他救火。自己的老腰疼得要命，坐也不是，站也不是，躺着都难熬。约好了回老家去和一位中学同学见个面，也没去成——那可是我始终暗恋着的美丽女生，十年没见了。

这会儿我坐在床上努力地憋着这篇官样文章。身边躺着熟睡了的女儿。空调的风有点凉。我伸手拉过一床被子，给女儿盖上。她动了一下，从被角处伸出两只小脚丫子来。

有时候我觉得自己对于生活这点事情，很是明白；而又有时候觉得自己很是不懂。这种感觉，必须是人到中年才会有的尴尬吧。懵懂时代忙着整理自己的武侠梦——尽管只是一些自己用爷爷的柴刀削斫出来的竹刀木棍；小学时代忙着整理自己的为师梦——尽管也只是一些从民办教师那里听来学来的语文算术；中学时代忙着整理自己的王子梦——从新来的音乐老师，到要转学的同桌女生，到人见人爱的校花；大学时代忙着整理自己的愤青梦——跟教授斗贫嘴，跟领导拍桌子，跟狐朋狗友演荒诞话剧，出地下刊物，抢别人女友；工作时代，也还算是青春年代吧，反倒是没了梦了——即便有一些，也不大好说出口。

忙来忙去，忙到迈进中年的门槛里，忙到现在翻看雅文姑娘的书稿时，仿佛才想起来，我这一路上似乎只有梦，而没有了“生活”。

如果说“柴米油盐酱醋茶”是生活，那么，我是有生活的呀，尽管不一定每天都自己做饭。

如果说“老婆孩子热炕头”是生活，那么，我也是有生活的呀，尽管只有一个老婆，只有一个孩子。

可是，我却时常哀叹自己没有生活，没有花前月下，没有琴棋书画，没有山水田园，没有诗情画意，没有……

我常常在写作课里反复地告诫我的学生，写作就是写生活。

可是，今天的我，我的生活是什么？我的生活在哪里？

不仅是我，还有我的学生们。他们的生活是什么？他们的生活在哪里？

学生的每周随笔里，似乎只有考试前后的紧张和懊悔，只有运动会上800米终点的遥遥无期，只有春游大巴车上的零食和八卦……学生的考场作文里，似乎只有屈原苏轼司马迁，只有李白嵇康陶渊明，只有牛顿的苹果爱迪生的灯泡居里夫人家满屋子的煤……

我们的生活呢？我们自己的生活呢？

四

说起对文字的那点爱好，一下子想起了二十年前。

那个时候，我是高中生。

那个时候，我们常常写作。身为语文课代表的我，每每抱着一大摞作文本往返于教学楼和办公楼之间的路上时，总要假公济私地干两件缺德的事情：其一，偷看一位漂亮女生的作文；其二，将自己的本子放在最最上面。

那个时候,老师常常以宣读范文的方式来讲评作文。老师在台上念着我的文章,我呢,偷偷地瞟着窗户边的那个漂亮女生。她似乎听得很认真,可就是不露一丝一毫的赞许(哪怕是鄙夷)的神情:这让我很是纠结。不过,也就由此理解了鲁迅所谓的被“寂寞的大毒蛇”缠绕着的滋味。

那个时候,我们不怎么读书看报(没什么书读),更不上网看电视(压根儿没有),除了经常翻墙钻洞去电影院看“免费”电影之外,就只剩下了校园里的一些鸡毛蒜皮的小事儿了。不是为抢饭吃厮打了起来,就是暗恋上了女生又死不认账。

那个时候,我们生活得很简单,又很复杂。

而当年我自己写的东西,除了一本用朦胧诗笔法描写自己初开之情窦的诗集之外,其他的我都早已忘记了。现在翻看着雅文姑娘的文章,觉得是那么的陌生:难道当年我也写过这样并这样写过吗?

当然没有。也许,也有。

那个时候,老师从没给我们出作文集。于是我这个学生会宣传部长就组织了全校的手抄报比赛,让自己的文章有机会整版整版铺满整个橱窗地展示在全校女生面前——还有一手好字。后来读到史铁生“为母亲而写”,又更觉得自己“为女生而写”的写作动机是那么的真挚。

那个时候,我们只写自己,只写活着的自己。

生活是什么?我们被无可选择地生下来,但我们决不可不加选择地活下去。比如,我们不能只活在别人的故事里,我们不能只活在别人的思想和感情里。

“我就是我呀,我要把这宇宙来吞了……”

当我们吞下了整个天地,那么,一切就是我了。

——从此,你便有了自己的生活:自己的故事,自己的思想和情感;你便有了一个自己心仪的漂亮女生；你便有了一个自己的“写作的动机”。

——你便可以开始写作了。

五

说回雅文姑娘和雅文姑娘的书。

拜读雅文姑娘的书的时候，我高兴于她在北邮校园里丰富而开心的日子。我读到了一个小姑娘的成长，读到了一个小姑娘的细腻，读到了一个小姑娘的爽朗；我也读到了她的很多的朋友——志同道合的，男男女女的，爱读爱写的，相互扶持的。

这多好啊。

出书吧，从《流石》走出去的姑娘们，都是可堪大任的。

最重要的是：尽管咱们许久不大联系，可我是惦记着你的，我的雅文小姑娘。

北京四中语文老师 黄春

辛卯夏日·由人斋

2011年8月2日

序二

文字，是灵魂的寓所。

不知这样的比喻是否恰当，至少于我，文字是生命中不可缺少的。许是中学时语文老师对我长达六年的写随笔的要求，让写文章成了一种习惯。或欣喜，或沮丧，或兴奋，或悲伤，种种的情感和思想传过笔尖，沙沙地舒展在纸上，仿佛是灵魂的低语，言说着发自心底的愉悦。

时间长了，写得多了，遇见的人和事多了，就越发觉得写文章不只是词藻的堆砌。有一些人，似乎与文字有着不可割裂的情缘，对文字有着近乎通灵的敏感。

李雅文，当是其中一个。

初与雅文相识，是在我时任版主的北邮人论坛诗词歌赋版和人文艺术版。不记得具体是哪一天，照例去翻看版内的帖子时，无意间发现一个新人所发的几篇帖子。有小诗，有小文。细细读来，竟不禁击掌。在一个工科学校里，早已习惯了少见文字的我，仿佛在戈壁上见到一株海棠，静静地优雅地开着。

文如其人，从一个人所写的文字，大抵是可以读到其内心的。

与雅文相识久了，就更觉得这个看上去柔弱腼腆的小丫头，果真如她的文字一般，内秀，恬静，平凡中透着灵气。或许是在北邮这样一所理工氛围浓厚的学府里，难得遇见同样对文字有着深厚感情的人，我们之间颇为聊得来，大有惺惺相惜之感。只是在工科环境中浸泡久了，渐渐地疏远了文字。我生命中的文学和艺术，在公式、程序、实验的面前，远远地退居其后。因而与雅文的交流中，原本就无甚积淀的我，半是惊诧半是佩服地领略到这个姑娘的渊博学识，和不凡的修养。

雅文常夸赞我的文字，并诚恳地请我为她即将面世的文集作序。原本面对她的谬赞已经诚惶诚恐，如今要我作序，更是受宠若惊。这不是故作谦态，细细欣赏完雅文的这部《如歌的行板》,我心中的惭愧更添了几分。

暂且不论文字的艺术水平,单是这洋洋数万字的文章,就已经让我汗颜了。于大作家而言,这些文章无论数量还是质量,自然都不觉有什么值得颂扬的,但对于现在的大学生来说,这已经是值得人钦佩的作品。自从进了北邮,在理工科的道路上渐行渐远,理想与现实也无时无刻不在相互撞击,曾经一度让我觉得生活无趣。庸庸碌碌的俗世中,自己也不知不觉地变得麻木和迟钝,橡皮人一样磨蹭着生活。

然而,看看雅文的文字,面临同样的迷茫和无助,她却坚持着用文字记录自己的成长,用理想引导着生活。不仅在文字方面,在专业学习、学生工作、人际交往等诸多领域,雅文都以她文字般的恬静和坚持,克服着重重困难,不断地向着梦想的方向前行,并取得了众多令人艳羡的成就。

这一切是她应得的。从文字里就能看出的优秀伴着她在人生的道路上载歌载舞,欢乐嬉笑。成长的路上,难免有风雨,难免有跌倒,然而一个将文字视为灵魂的人,必定是懂得生活之艰辛与美好的人。

雅文的成长,似乎比同龄人更为坚定,更为诗意。仅从我对文字与人生的粗浅理解,能将生活中的点滴感悟凝练成文字、织造成篇章的人,会将文字打造成属于自己灵魂的寓所。在文字的天地里,修身养性,冥思怡情,自然能从天边的云卷云舒看到庭前的花开花落,听雨观荷,追风邀月。我相信凭雅文对文学的热爱,她定能为自己的人生规划出一片明媚的天空,并且坚定不移地用自己的努力和聪颖去追逐她的梦想。

人生如梦,行板如歌。雅文的这部著作凝聚了她的文学创作,也凝聚了她单纯美好的灵魂。如席慕容所言,"是十六岁时的那本日记还是/我藏了一生的/那些美丽的如山百合般的秘密"。掩卷闭目,我仿佛看到了一个优雅的女子,在皎洁的月光下,和着柴可夫斯基谱下的如歌行板,翩然起舞。

杨泽

2012 年春于北邮

目录

大学生活

诗歌

写给家人

演讲与写作

高中生活

后记

大学生活

你好，旧时光

我有两张桌子，九个大抽屉。

每年暑假下定决心，一不怕苦、二不怕难，把这些尘封已久的东西翻腾出来，去粗存精、去伪存真，该扔的扔，该卖的卖，能送人的送人，是我的固定戏目。

我心满意足地审视着自己的劳动成果。抽屉又空出了4个，等待我在未来的时光里一一填满。之后留些重要的，剩下的丢掉。再填满，再丢掉。为了留些菁华以防失忆，硬是把生活的琼浆，压缩成干粉的形状。如此几番轮回，直到时间的尽头。

最难整理的是关于学习的东西。我不知道自己竟然买了那么多参考书，并且一本都没做过。而每扔一本教材则要痛下决心，我本打算集齐一套，给我儿子做启蒙教育的。最引人伤怀的是那规模恢宏、取之不尽、用之不竭的卷子。黑色的蓝色的红色的，密密麻麻的字迹。我看到的仿佛不是一些纸张，而是我一去不回的青春。那本该莺歌燕舞，鸟语花香的青春。

我抚摸着那些微微泛黄的薄脆纸张，也抚摸着一段段无处遁形的时光。力透纸背的各色字迹，标榜着我某一时期的执著。我粗略挑选出厚厚几沓试卷，费力地搬去卖掉，心里却涌起一阵奇怪的感觉。不知该庆幸自己终于逃脱了应试制度的樊笼，可以使用少得可怜的一点自由，做一些心向往之的事情；还是该懊悔在最值得奋斗的几年里，始终心不甘、意难平，白白葬送了更加美好的前程。

最不愿遗弃、也不忍触碰的，是那些陪我一年年变老的旧物。记得以前看《哈利·波特》，我之所以坚信J. K 罗琳会成功，是因为她让那些已故的亲人、不知所踪的好友，都在相框里、旧报纸上，无比自如地行走说笑，那么生动，那么真实。那也是我梦想的最动人的画面。我总相信那些旧物里，存放着他们主人的某一段灵魂。为什么不呢？爱是这个世界唯一的魔法。

我的旧物种类庞杂，寓意深远。我常豪情万丈地想，等我变成伟大的谁谁谁，也要给自己开一间门可罗雀的博物馆。

有一沓姥姥从家乡写来的书信。我能想象她当初是怎样举着老花镜，在昏黄的灯光下一笔一画地与我探讨奥数题的解法、作文的修辞方法。最后一封上她这样写道："信是姥姥带病写的，要珍惜。注意保存。考试成功。"一年后，姥姥走了。

有十几年来一个最好的朋友写的很多张贺卡。小时候我就老跟到她家去，试图抄她的数学作业。而今我仍然在高数的苦海中扑腾，像抓着一个游泳圈似的怀揣着一点卑微的梦想。而她则理所当然地考进了一所理工科的顶尖学校。今年新年的时候，她寄贺卡说，"当我有能力的时候，帮助你，做一切你喜欢的事情！"我当然不会把自己混得那般潦倒，但她让我看到真正的友情。

有初中时最喜欢的一个老师送给我的一个精致的红舞鞋钥匙链，只因我在习作里提到一句"我要像小女孩加伦一样，穿上红舞鞋，永不停息地舞蹈"。

有一个总逼迫我写文章、鼓励我四处投稿的语文老师拿给我的一张崭新的百元钞票。我还记得他站在讲台上喜滋滋地说"李雅文挣的稿费比我还多"的样子，只是我至今还怀疑那是他自掏腰包搞的名堂。有高中时尊敬的家声爷爷用古体字为我"画"了很久的临别赠言："振衣千仞岗，濯足万里流。"记得开学第一课我被他点起来，磕磕巴巴言不达意地解释着这句话，而现在，它是我一生的座右铭。

有两块白色的石头。禁不住嘲笑自己的年少无知，又不是什么黛玉，竟会被几块破石头唬得鸡飞狗跳。现在想来，是因为它们被十根粗糙的手指，打磨成了心的形状。

有辛苦积攒的世界各国的邮票和明信片，甚至还有全国各地的粮票……有很多演唱会、话剧和旅游景点的门票，有和台湾同学互赠的小礼物。有从小到大所有珍贵的书信，我永远记得信件背后那些优雅、坚强的人。有小时候心血来潮收集的一大盒子香气袭人的橡皮，有我和亲近的好友拍下的装腔作势的大头贴。有军训时爸妈寄来的家书，厚厚的一叠，竟是他俩为我全部毛绒玩具照的特写。

有网上偶然结识的朋友寄来的信件和东西，灵秀的文字、手绘的小画、自制的CD，以及自己前不久也恰巧买了的书籍。有那个总考第一、才气横溢的女生给我做的小礼物，手工储物筒、纸蝴蝶，最多的是每次新年的亲笔画，有时是刀刀，有时是安东尼的兔子，一次就是好几张。只是我们毕了业，我再也不能收到她的“年画”了。有师父抄写的Rene歌词和林徽因诗词，那么美的字体，我之后再也没见到过。有和同桌或好友在笔记本、草稿纸上的对话，平常的内容、夸张的漫画，至今读来仍旧温暖喜人。

我之所以感觉幸福，不是因为我每日衣食无忧，不是因为我可以买几件好看的衣服，去几个城市旅游，添置几架子书，而是因为那些我珍爱的人赐予我的感动的瞬间，它们物化成一件件有生命力的小东西，让我感到活得坚实。

纵使我的生活，注定比这世上的许多人都更为黯淡、平庸，纵使我此生竭尽全力都无法到达一个光辉的顶点，只要面对这满满一抽屉温情脉脉的小东西，我依然可以理直气壮地乐上半天，像个真正的大富婆。

几番春去秋来，我照例在自己的世界里披荆斩棘、单打独斗，身边的人多是过客，留下来的不多。那些他们曾给我的东西，依然忠心耿耿地守在我身旁，像一份份百口莫辩的证据，证明他们曾经欢天喜地地经过我这里。然而这又是一场必输的官司，因为早已过了起诉的时效期。

我以为这世上最大的遗憾，莫过于什么东西都会有保质期。无论曾经多么珍视的东西，一旦过了期限，便会一文不值。彩色荧光笔、唇膏、年历……包括那些款式可爱的发夹，如今竟只觉得把它们戴在头上是对自己的侮辱。

而感情则不同。某一时期点亮了你生活的人，过了很久很久以后，依然可以在你记忆的一隅闪闪发光。

而我是今天才发觉，原来记忆也有保质期的。那些琐屑温暖的小细节，那些生动俏皮的对话，在几番潮涨潮退之后，被时间的长河不动声色地冲走了。

只留下一个坚定的词句，用来形容你和那些不知所踪的人之间的关系。

——比如，我曾经爱你。

原来我曾这样，风度翩翩地爱过你。

你看，当老三成为一抔黄土，静秋的万千情意，也只得收敛为一本泛黄的日记。而当我所拥有的一切被岁月的长河磨洗得圆润、光洁，我不愿忘记，在如斯青涩粗糙的年华里，我是怎样匆忙热烈地爱过一场。不是爱着单车上某个神采飞扬的少年，而是爱着在我的旧时光里行走说笑的，所有的你们。

纵使世事短如春梦，人情薄似秋云，我依然可以对这个世界满怀信心。当我轻抚旧物，当我想起你们。

2010 年 9 月 1 日

莉莉安的诺亚方舟

在这个安静得掉渣儿的夜晚，莉莉安走出浴室，打开电脑。她怀里抱着爸爸买给她的大盒德芙巧克力，手上戴着妈妈送给她的木制小玫瑰戒指，即将迎来人生中第二十一个没有情人的情人节。

最近她爱上了白水的歌，《远山》、《耕牛》、《纸鸢》或《乡谣》。那些旋律清澈而悠长，在她空荡荡的心里发出深远的喧响。她的心中也好像装着一杯白水，平淡无味，所幸还未被世事的斑斓染了颜色。

还好，孤单的莉莉安已经习惯，在一个个月凉如水的夜晚，搂着自己的梦想取暖。

开学前两天，她心血来潮策划了一次天津之行。不过，这场旅行还算值得。她终于看到了期待中的瓷房子。那是一座用从海河里打捞起来的古瓷片和新敲碎的瓷片装修起来的老公寓。把多达七亿片碎瓷在墙上拼贴成画，实在是一项别具匠心的壮举。同时她也觉得，岁月就是由这样一些零碎的片段、瞬间拼凑起来的，心里怀着美好的画面，一定可以把生活打造成一件满意的艺术品。

海河边上有人在卖船模，桅杆上拴了线，系着布片做的小小的帆。她买了一只带回家，看着它，想起惠特曼的船长，想起她最爱的加勒比海盗与丁丁历险记。人生就像一次前途叵测的航行，即便爱情，也是迎向他者的冒险。可是怕什么呢，最难的路上有最美的风景。

古文化街的尽头，是香火很旺的天后宫。有时她会相信这些，当她觉得生活沉重到需要一些运气的时候。于是，将满二十一岁的莉莉安，高举着三十一根香，向佛祖喋喋不休地诉说自己的四十一个愿望。

是的，这学期任重而道远。她需要明确未来的方向，为了高考失利而未能完成的那个梦想，继续去拼去闯。她需要一家和睦父母健康，为她梦中的城堡建立起一座牢固的围墙。她需要练习收放自如的情绪，不让那些微不足道的小事，成为压垮骆驼的最后一根稻草。

她还需要一个温柔有力的肩膀。可是她累了，不想再像候鸟一样，马不停蹄地追逐一树一树的花开。她只想固守在一处小小的院落，或许可以面朝大海，看往昔的阴霾成为阳光下飞舞的尘埃，看所谓的幸福不请自来。

今天是五月天演唱会门票开放预订的日子。她看到各大社交网站上，大家呼朋引伴，热热闹闹地张罗着买票。过了一会儿，竟然也有朋友留言给她，邀她同往。他们商定买了便宜的看台票。上次看到五月天，也是在鸟巢，滚石三十周年。其实，她对隔着比操场还远的距离，去寻找几个模糊的身影并无太大的兴趣。只想去看看传说中的，会搭在场地上的巨大的诺亚方舟。

这是2012年，他们巡演的主题。这个世上真的有诺亚方舟吗？它是电影里各路富豪争相抢票的高科技大船，还是她书桌上这只系着布片小帆的木船？或许，根本没有救命的船。她只能赤手空拳，依靠仅存的勇气与美好的信念，泗渡到彼岸。

也许等到那一天，她就会发现，原来所有的来日方长，并没有想象中的那么长。而当她把所有的苦涩都一一品尝，最后竟然唇齿留香。

所以，想到困难重重的新生活，她的心情依旧是雀跃的。如同天真的孩童，奔向惊涛拍岸的海边。

海水湿了帆，而你乘风归来。

2012年3月1日

一个人的好日子

这几年来，一直深深着迷于高木直子的系列绘本。从《一个人上东京》、《一个人去旅行》，《一个人住第五年》到《一个人住第九年》。高木用不知疲倦的画笔，将生活用一种自己喜爱的方式呈现给自己以及许多与她过着相似生活的"一个人"。看到她日复一日的挣扎、奋斗、成长、收获，也会忍不住反观自己的生活，感受到时光在我身上缓缓流走的重量。

高木的画风平和朴拙，记录的都是发生在身边的琐碎小事。画中的主人公也不是妆容精致、身形曼妙的女子，而是一个脑袋圆圆、个子矮矮的平凡女孩。她有一些神经质的小紧张，举棋不定的小彷徨和突如其来的小羞涩——像极了一个不为人知的我。

环岛旅行、考潜水证、住温泉旅馆、亲自动手做木制家具、尝试不同酱料和配菜……她像个永远欢天喜地的小孩子，对未知世界进行着一次次雄心勃勃的探索。她对于生活有独特的洞悉，并在不经意间迸发出零星的火花。每次读到她的书，都让人不由自主地放松下来，体悟到生命本身的动人之处。

其实生活中，像高木一样的人并不多，如果有，也一定被贴上"特立独行的剩女"之标签。我们总是渴望在人群中找到自己的组织，拥有一份安定的归属感。但更多时候，我还是宁愿过一个人的，清净也不免寂寞的日子。

一个人挤进喧闹的食堂，在"三缺一"的餐桌前找到自己的位置；一个人从学十三周边"萋萋满别情"的情侣身旁穿过，大义凛然地冲进宿舍楼；一个人坐在教室的角落，捧着手机，和新浪微博上的各路神仙打得火热；一个人游走在三月暮的校园里，拍下草坪上自己长长的影子，以纪念这难得的好天气；一个人三头六臂地处理完所有的功课和例会，在漆黑的夜幕中，坐车回家。

而我愿意相信，即使一直都是一个人，也可以怀着对生活的热望，将日子打扮得漂漂亮亮。

日复一日，青春如同美丽的天使，翩然而至；亦似愤怒的小鸟，一去不回。我们总要忙着斗争，与身边的爱人，与眼下苟且的生活，却忘了最重要的是与自我好好相处。如果能学会自尊自立、自给自足，将自己的心养成一块肥沃的土壤，那么，还有什么美丽的花儿不能开放呢？

我是多么渴望能够有一方净土，帮我催生出疲惫生活中的英雄梦想。好在还有高木这样抓住梦想手臂的人给我们鼓劲儿。也许一个人的路并不好走，但是，像史铁生说的，慢慢地去做一些事，就会找到活着的兴致和价值感。

高木直子，很高兴你过得这么好。

加油！为了一个人的好日子。

2011 年 3 月 10 日

不抱怨的生活

在这个渐渐凉下来的秋天，我终于走进了这所并不那么喜欢的大学。这些天五味杂陈的生活，让我觉得有好多话想说，可终究没个头绪。现在终于踏下心来，毕恭毕敬地面对开学以来的日子，说说那些在内心深处翻腾了很久的话。

我们的校区很空阔，没有各种蕴意深远的纪念碑和人物雕像，没有曲径通幽的亭台楼榭，没有赏心悦目的山山水水。可是我们还拥有北京郊外的晚上，那漫天明亮的星辰。

我们的同学很平常，少有那些集万千宠爱于一身的各省尖子，或是指点江山、激扬文字的天之骄子。可我们都是脚踏实地的好孩子，有着质朴的心灵和丰富的表情，我们的梦想都如遥远的蓝天一般干净。

我们的宿舍很狭小，六个人共享的，是一间过道里放张桌子就转不开身的屋子。可我们会在需要的时候绞尽脑汁地开发一切可以利用的空间资源，在检查卫生之前把小屋里的一切安排得井井有条。

我们的学校在偏远的昌平，每次回家都成了一次不近不远的旅行。虽然会想念以前放了学就可以打车回家的日子，想念家里那份伴着饭菜香气和父母问候的温暖，但如今宿舍里这六个人也组成了一个欢声笑语的新家庭。这里有爸妈，岳父母和永远也分不清的公公婆婆。还有我能吃能睡的大儿子——麦兜。

这里的条件很一般。食堂的菜没有想象中的那样好吃，有些怀念高中时每天去学校附近的姥爷家饱餐一顿的日子。但这里可选的菜种毕竟还是很丰富的。这里的书店很雷人，以倒买倒卖二手书为主业，还有少许奇形怪状的盗版书，理直气壮地摆在书柜上。有些怀念四中对面的学海万有，那里书的种类包罗万象，并且相当一部分都很文艺。但我现在每晚回宿舍的路上，还是会顺便光顾一下那个二手书店，竟然每次都有收获。

这里的治安很混乱。辅导员说时常有贼眉鼠眼的人在校区内闲逛，有次抢钱未遂还把一位同学打到骨折。可我宁愿相信这一切只是个传说。在晚自习回去的路上，月光很亮很清澈，我的心也总是平静而快乐的。

我们的专业混迹在气势恢弘的理工科专业之中，显得那么渺小而微不足道。这所学校的人文气息不浓，我早知道。可是这里有一位学长，在看过我报名参加文学部用的几篇文章之后，认认真真地写了一封信给我。除了几句热情的鼓励之外，他说："在北邮，也不能忘了自己的信仰。"没有人知道，这句话对我来说有多重要。或许在以后，无论身处何时何地，我都不再有理由背弃自己的梦想了。

我已经学会了不抱怨地生活。不是这个世界本身不值得抱怨，而是早已不想再怨什么。曾经我以为，只有追求最好的生活才是最幸福的。那是小学六年级费尽心机钻研最不擅长的奥数的我，是初中三年级时常熬夜做卷子的我。小学、初中和高中，我都呆在全区最好的学校里，过着我以为幸福的生活。可到底是徒劳。我依旧没有成为那更好的一个我。

高中三年的日子让我明白，我们最该拥有的，是一种我们所能驾驭的生活。光鲜的外表不重要，更难得的是内心的平实。

坦然接受眼前的景况，也并不意味着鼠目寸光，醉生梦死，放弃对于新的境界的追求。它只意味着，我们已经稳稳地坐在了生活的这驾马车上，不再东张西望，左顾右盼，而是信心满满地策马扬鞭，奔向下一个目的地。

2009年10月6日

恋　秋

童年的自己，对自然界的一切充满了由衷的感动和热爱。遍地落叶对我来说，永远是最流行的玩具。那些年，每当略感秋的寒意，我都会兴致勃勃地拉上爸妈去爬香山。一路上，我会一直用敏锐的目光巡视着地上的红叶，每次都会有满满一大袋的收获。回到家里，我把它们按自己的想象，拼贴成各式各样的图案，它们至今仍被小心地收藏着，那是我生命中最初的秋天。

很多个秋天来了又走，我就这样蹦蹦跳跳地走过了那些不谙世事的年代。不知从何时起，我从身边那无言的景物中，读出了具有感情色彩的内容。我喜欢独自一人，带着相机徜徉在秋天的北京，看那些转瞬即逝的风景定格在自己的手中。颐和园的长椅上，执手相望的一对老人被斜阳拉长的背影；北海的山坡上，被枯草掩映的一截孤独的树桩；还有那蓝得摄人心魄的，高远的天空。

那时的秋，让我轻易地感受到了生机的消无。一切都是渐行渐远的，除却那永恒的天空。那时的自己总是想要抓住点什么，但生命的规律不是那架不停闪动快门的相机能够把握的。生命的过程注定是由激越到安祥，由绚烂到平淡。最终我们都将带着丰实的果粒，回归宽容的大地。如果你爱生命，就不该害怕去体尝。

后来的秋天又为我带来了一段漫长而不平坦的岁月。那些曾经以为可以一路相伴的人走着走着就散了，那些曾经以为只要一时的决心便可轻易弥补的倦怠，终究造成了无法挽回的落差。我也只能在席卷一切的秋风里，黯然神伤。

几番春去秋来，这个城市伴着许多人一同老去了。我也不再是那个天真地喜爱着秋日美景的孩童。一年年，我在秋色中慢慢体味了来自生命深处的愁苦，看到了这个世界的本来面目，却不曾因此对秋抱有任何偏见。相反，我从未有过一个时刻，这般欣赏秋的沉稳利落。我从每一棵树那光秃的枝干里，看到的不是萧索的绝望，而是一种蓄势待发的力量，是一种厚重而坚实的内涵，一种含蓄、温和、淡泊、高远，有如秋水长天的境界。

今年的秋天，我是属于宏福的。大学的日子出乎意料的奔忙，很难有心情让自己静下来，对秋景的感受也只是短暂的一瞥。偶尔透过教学楼的窗，看到不远处的田地一片金黄。秋天的大地处处散发出收获的温馨，而恐怕只有播种者才能真正体悟这背后的艰辛。现在的气候不冷不热，不温不火，正如我所努力经营的生活。我也渐渐学会以另一种眼光来观望自己的生命，虽然很难做到荣辱不惊，却也试着对心底忽而来袭的寒意不动声色。

我依然没来由地恋着秋天。不管生命给我带来了什么，我将永不放弃那幼年的自己便已拥有的，对一切美的珍视和对这个世界的热情。只是我早已丢弃了那份伤春悲秋的心态，因为我明白，有些愿望终究还是徒劳的。真正的生活是不停吸取来自内心的力量，正如万物共享秋日疏朗的阳光，温暖用力地生长，一直向上。

总会有一个梦，温暖一天天渐凉的秋风，我愿意等。

2009年11月1日

今闻初夏净栀味，明望秋实铃木叶

一年的大学生活，对我来说，意味着骤降8公斤的体重，意味着填写得密密麻麻的两个日程安排本，意味着几天用完一摞的数学作业纸。入学伊始，我荣幸地当选为北邮今周文学部部长和大班学习委员，在九班这个集体之外，又拥有了另外两个温馨的大家庭。成为领导者，相对于普通成员是截然不同的体验。犹记得上学期那段难捱的日子，时间仿佛永远不够用，每天走路都恨不能一溜小跑。隔三差五便要带着好吃好喝的召集各种会议，一点一滴地进行部内建设，定立各项规则，安排具体工作。这一年的收获颇多，全程策划并主持了一场大班会，组织了一次竞赛，完成了一期宣传栏，承办了两场征文，在每次大考前四处搜罗复习资料并安排顺利下发，每周为北邮今周组稿并进行审校，被推选为入党积极分子。

当我在“新锐之星”评选活动中听到一位选手说“在‘学风建设月’中当选为学习标兵”时，当我在大班班委竞选面试时听到一位竞选者说“在英语词汇竞赛中获得二等奖”时，总会勾起曾经忙碌的回忆。看到自己亲手搭建的平台能够切实地影响到别人，心中的满足和幸福不言而喻。

这一年过去，最大的收获不是脑海中的知识，不是历经锻炼的组织能力，而是一种脚踏实地的平和心境。是我发现自己渐渐爱上身在北邮的大学生活，一种健康勤勉的、充满希望的生活。这一路走来有诸多惊喜、诸多不易，但依然要继续认真走下去，成为一个真正优秀的、高尚的人。

从没有想过会在一所理工科为主的院校里，找到自己的位置。每日被严谨治学的氛围所浸染，强迫自己建立一种像机器一样精准的思维逻辑，从最初的畏惧到如今的苦尽甘来。尽管这并不是我想要的生活。

这一年来，其实只放了半颗心在课业与工作上。更多的时候，我还是活在属于自己的那个世界里。在那里，我每日抄写比辞海还厚上许多的《海子诗全集》，三天两头跑去看孟京辉话剧，泡在图书馆里守着一整架阿加莎·克里斯蒂，猜测雷蒙德·卡佛小说中戛然而止的结局，在苏打绿或刘若英的演唱会上捡拾回忆，攒钱买吉米画册限量珍藏版，因为爱上简祯而策划一场台湾之旅……

每天在梦想的世界与真实的世界中，完成角色的转换很累，很不甘。但我仍然乐此不疲。或许一生都不会有机会走上文学艺术的道路，但会一生对此孜孜以求。因为那些在远方闪光的灵魂，离一颗从容、美丽的心最近。

感谢一年来一直陪伴着我的杂志，《城市画报》、《新周刊》、《三联生活周刊》、《凤凰周刊》、《国家地理》、《环球时报》、《南方周末》、《华夏地理》……如今它们热热闹闹地挤满了我的阳台，让我感到这一年的时光没有白白奔忙。

静下来的时候总爱去翻翻那些杂志，从中依稀可以窥见这社会上形形色色的人们，在各自的圈子内奋力拼搏求生存。于是也迫不及待地希望，自己能够早些成为其中有意义的一员。真不知道自己以后会去做什么，但一定要成为被人所需要的、有益于他人的一个存在。为了那一刻，所有破茧而出前，黑暗中的努力和等待都值得。

过去的一年，一直是个安静的踽踽独行者，并且以后的路也决定要一个人走下去。大学时期的爱情，好像一颗孩子气的糖果，尝过之后便化掉了，不能留下些什么。趁还青春年少，要用最好的精力，成为一个更强大的自己。相信这条路走到最平坦之处，会有一个人在转角处微笑着，等我同行。那一定是在一个爽朗的初秋，有最熟最美的花开满香径。我是最不爱写什么远大规划的，与其事过境迁后，对着年少时的雄心壮志自嗟自怜，远不如走一路想一路来得坦荡精彩。

这并不意味着自己要做一个随意而为的人，那杆权衡利弊的称，在心里。不过我也早已过了妄自尊大的年龄，什么都想要得到，以为穿上一件超人衣服，便可以征服全世界。我不会奢求自己在不远的未来拥有健壮的体格，或者成为兵来将挡的高数达人。我只做我能做到的，并且把它做到最好。稳扎稳打地一路走下去，相信结局不会太坏。

最后想要说，感谢一年来两位导员的悉心指导，感谢爸妈最贴心的关怀，感谢工作伙伴的一路扶持，感谢九班这个温暖向上的集体，感谢几位可爱的舍友。是你们的存在，使我一切的努力变得生动而富有意义。

在这个芬芳的初夏，渴慕着三载之后那个丰实无愧的秋天。加油。

2010 年 6 月 1 日

所谓圈套

这个假期实在太长，长到使人空虚，空虚得使我到口腔医院排队挂号、拍片抽血、照相咬牙模……做了凡此种种排遣时间的事情，直到一步步走入这个无从退出的圈子。

其实要不是俺爹俺娘一左一右地怂恿我，无限悲悯地看着我，铿锵有力地指出这两颗旁逸斜出的小门牙就是我至今待字闺中的主要原因，我还真下不了这决心。虽然说比起牺牲自己去迎合某些人的标准，我更愿意找个不觉得牙齿整齐有多重要的男人，乐呵呵地过一辈子。

8 月 16 日七夕，当其他小女生正甜蜜地揽着她们的男友，意气风发地走进大悦城时，我正四脚朝天地躺在牙科医院的诊室里，让一个中年男医生把一坨钢丝塞进嘴中，身边围着一圈儿七嘴八舌的实习生。

戴上牙套才知道，这一切比设想中的更加不轻松。难以忽略的摩擦和异物感，牙床莫名其妙的酸软肿胀，满口牙摇摇欲坠的提心吊胆，以及进食时发觉牙齿比口中的蛋糕更加松软。

于是我妈去商场，兴高采烈地抱了个榨汁机回来。她和我爹先后尝试了把苹果、大鸭梨、白开水、善存片等不同系列的物体放入其中，最后得到一些糊状产品，洋洋得意地端到我面前。而我越看越觉着这像我已经吐出来的，而不是我将要喝进去的。

当晚去一家羊汤店里吃夜宵，习惯性地把烧饼塞入嘴中，差点没把后牙磕掉。旁边有个女的一边看青年文摘，一边大口吃肉大口喝汤。我羡慕得眼珠子都快掉出来了。最后只得急中生智，把烧饼撕成小块扔进汤里，像羊肉泡馍似的。

回来的路上打了个哈欠，左边的脸颊碰到了一颗槽牙，那牙顿时摇头摆尾地松动了，像小时候每次换牙之前那样。于是这牙就一直隐隐作痛着，我连刷牙都不敢了，唯恐惊动了它老人家。

以前每每看到电视里缺胳膊少腿儿的残障人士一脸冤屈、目光坚毅地说“别人能做到的，我也能做到”就无限悲悯，现在我也想一脸冤屈、目光坚毅地说：“别人能吃到的，我也想吃！”

我知道自己又要开始掰着手指头倒数时间的日子。不知是由于过了合适的年龄，还是这德国最新推出的技术与我八字不合。总之自从这帮绑着铁丝的小锁贴在了我的牙上，我就一天也没舒坦过。嘴里一连串莫名其妙的变化，让我没来由地觉着嗜血细胞在夜以继日地啮咬我生长在牙周的齿骨。

整牙是件苦差事。但它只是我自幼遭受的全部苦差事中似有若无的一件。考试是件苦差事，我为了它八仙过海七窍生烟六亲不认，却不一定能五谷丰登。爱情是件苦差事，喜欢的人不出现，出现的人都撒丫子跑了。旅游是件苦差事，车里坐着香港导游，窗外站着菲律宾特警。

从小到大，接踵而至的圈套绑架着我们的生活，每个圈套都有使我们不得不走入其中的理由。最初走进去的时候，或者说意识到自己身在其中的时候，会有一些强烈的感情震荡。接着意识到这是欲摆脱而不得的窘境。我们开始在其中力图谋生存，做着所有圈中人都会做的事情。日子不紧不慢地过去，直到最后我们发现，自己就是那个圈套的一部分。

不管是升学考试、政治制度、理想依托，甚至于令我们死去活来欲罢不能的爱情。各式各样的圈套伴随我们的成长，它是约束生者的紧箍咒，祭奠死者的花圈。

最近两天好些了，原本别扭的那几颗牙依旧别扭着，而表现良好的牙又开始痒痒了。牙痒痒的直接表现是我先后挑战了多种食物：三文鱼刺身、海鲜比萨、猪肉炖粉条、切块苹果、法式长棍面包蘸牛奶、麦辣鸡腿汉堡。

从以上战绩可以看出，我这牙已经恢复得不错了，除了不能用门牙撕扯包装袋，基本可以上天入地无恶不作了。想着这能勒死人的铜丝铁圈竟是一贯爱好自由的美国佬发明的，心里又好受了一些。嘿，他们也不过如此。

小时候落下的毛病，无论写什么文章，结尾总得屁颠屁颠地展望一下未来。那么，同志们，等我整好了，都来陪我大口吃肉、大口喝酒，咱们载歌载舞、一醉方休！什么明眸皓齿，什么唇红齿白，都见鬼去吧。

请原谅我的“三俗”，这实在是笔者目前最大的愿望。

2011年3月13日

西　游

前夜临睡前，听到宿舍门外哐啷作响的大风。依旧睡得很踏实，因为我知道，这是春天的风。

春天总是与某些可爱的事情相关的，在我朦胧的印象中。

复印店那个憨态可掬的老板坚决不肯再收我一分钱。文具店女店主也总乐意让我以更低的价钱拿走那些过期的凤凰周刊。虽然我并不特别需要这样的待遇，但他们笑脸的温暖让我终于在这偏僻的校区找到归属感。

拿到上学期的期末成绩，未曾料想的专业第一。上学期的事情好多，每天夸父追日般的生活，几番坚持才终于活了下来。因而我深知拥有这份幸运的来之不易。

我想我终于开始习惯所谓的大学生活。

习惯了各种灌饼煎饼公婆饼，肉包菜包小笼包；习惯了听温柔可人的史阿姨讲面目可憎的高数；习惯了宿舍里的猪狗兔猴羊驴，亲亲爱爱一家子；习惯了每周五中午坐在返家的校车上，晒太阳，看窗外渐渐繁华起来的风景；习惯了从单调紧凑的生活里，苦中作乐。

“习惯了荆棘做的窝。”

这一周，做了一些小小的告别，也有新的相遇。连任了大班学委，面试过程还算顺利。告别方骁——独一无二的好搭档，拥有着雷厉风行的效率和“沉着冷静”的性格。回望合作愉快的一学期，只想说，谢谢你。

还是离开了文学部，纵有万般不舍得。深深感谢部里的每一个人，是你们的才气和热情支撑着这筚路蓝缕的第一学期。不知你们对我这个部长如何看待，我一向谨言慎行，苛求自己在每一处尽到责任。然而每日为身边种种杂事所扰，难免顾此失彼。会一直想念你们，想念我们每一次例会时温暖的气氛。

高数课上走神儿，趴在桌子上，看到窗外早春湛蓝的天空中飘过几朵白白胖胖的云。想起了孙悟空在云彩上翻跟头的事儿。因而想到西游记。其实一直想不明白，这么卡通的作品怎么会入选名著的行列呢？

忽然一下顿悟。其实每个人的一生都像一部西游记。都有几个患难与共的同伴，有一些接踵而至的诱惑，有一个仁口慈心的如来，也有追求一生的梦想与真理。这一路走下来，心无旁骛的理由是，没有什么比未来更重要。因为那里有一切之意义所在。

越发爱上身在北邮的生活了。这里的日子踏实平静，这里的人平和温暖。每天都有事可忙可做，每天都有新的收获。

下周的每个晚上都不得闲，去给学院的辩论赛当评委。买了一本《瓦尔登湖》，用于在赛场边上消磨时间。最喜欢书中那与世相离，而与自然相亲的平和恬淡。昨天在7－eleven买了一盒含羞草的种子，为了庆祝春天。如果试种成功，下周再买一点儿草莓。春天的温度适宜万物生长，我也可以争取在自己的西游中，走更远的路。

这条路的终点在哪儿我并不知道，也一点儿都不重要。无论如何，相信脚下的一切，相信明天会是更幸福的。

2010年3月13日

严阵以待

有生以来，我对生活的最大误解，而今终于明白。原来并不是走一段歇一段，就可以与他人保持相同的进度，甚至赶在人前的。

生命的意义在于永不止息的向前。

生命的奖赏是回望来路时那无愧于心的坦荡荣光，而不是一段以为有所付出便得以安心休息的时光。

我做了一件不可挽回的傻事。或许只是觉得累了，我想我有权力讨要一阵无所顾忌的休息。但我忘记了自己已不是一个可以任性而为，对一切都不需负责的孩童。我也不想再做一个跟在梦想身后，亦步亦趋的傻瓜了。

所谓渐行渐远的殿堂，所谓真心热爱的梦想，都是避风港。都是空欢喜。

我想在这个寒冷的世界里怀揣属于自己的温暖，这不是一件轻而易举的事。外界不会无端地赐予我想要的温暖，我所能赖以生存的，只是自己身体里持之以恒的能量。也只有亲身付出的热和光，才足以将茫茫前路照得明朗透亮。

真的有些冷了。这一冬还未过去。或许应该时常放一个冬天在自己的心里，然后用满怀梦想催生出一个太阳，直照得春江水暖，鸟语花香。

2010年1月17日

从何说起

开学很久了，早就适应了这样身份的转变。不再是那个苍白孱弱的高中小孩，大学教会我如何一板一眼地安排自己的生活。

不知道这算不算得上一种成长。总之是对于脚下要走的路有了某种似曾相识的熟悉感觉，于是也就平添了一份兵来将挡，水来土掩的豪迈。也许这是一件好事，但也让人觉得索然无味。有时候真想拿一块厚厚的抹布，奋力地擦去那些岁月累积在心上的浮尘，重见早些年那一份洁白纯实的本真。可这是一件多么异想天开的事情。我的一切不只属于我自己，也属于时间。时间在我的体内发芽开花、拔节生长，有时依我所愿，有时我也毫无办法。

过去的时光，教我做一个负责任的人，小心翼翼地生活。过去本就没有为我留下什么，我一定担负不起失去更多。但这样的压力让人不快乐。像久住在一所阴暗潮湿的老房子里，那么坚固的壁垒，还至死不渝地拒绝着阳光。这不是我想要的生活。我想我更需要一种收支平衡的境界，即使天寒地冻路远马亡，也依然能够有说有笑地走下去，运筹帷幄地支配自己的生活，不会在到达终点之前就心理虚脱。

不知道为什么会忽然感觉沉重得超出心理负荷，或许只是因为那几门不喜欢的大学基础课。现在的心情，就像是曾经在冬天的田径选修课上，面对那一排排跨栏一样的。硬邦邦的生铁泛着寒光。明知无法逾越的障碍，不可能完成的任务，却还要壮着胆子上。因为没有理由退缩，因为担不起可能面临的后果，因为没有退路，也只能不断向前冲，因为这就是生活。

其实没有那么严重吧。不过是一周七节跟数学相关的课而已，不过是大舌头老师的课每次都要听两遍才清楚而已。其实在做过几套往年的高数卷子之后，对很多题目也很是得心应手了。其实线代还好理解，一边听课一边就可以把作业写完，也没有很大的压力。只不过这不是我喜欢的生活罢了，我只想要学到一点自己真心想知道的东西，而不是像考入了北邮数学系一般天天做题。

也许熬过大一，就会有一个转机。高数再不招人喜欢，也要全心全意地学下去，不能让大班学委这个名号太丢人了。期中过去了，学风建设的活动要开始策划了，北邮今周也快要恢复出版了。我希望我们的活动可以有声有色地办起来，我希望我的文学部一直是一个热热闹闹欢欢喜喜的集体。我希望自己可以平安地度过人生的坏天气，并且像穿上红舞鞋的小女孩，能够有足够的动力，旋转，旋转，永不止息。

早就喜欢上陈奕迅的这首歌。是无奈吧，却又有种狠狠的力气。从何说起。于是傻傻相信明天会变美丽。

2009年11月15日

阴霾散尽，新生活

“三创”大赛归来已一个星期有余，总想写点什么，留作微不足道的纪念。

这次的成都之旅，虽然几多不平坦，但也有不少欢喜的片段。锦里是几条非常温柔的古巷，紧邻武侯祠。比起乌镇来，这里的商业气息要浓厚一些，类似于南京的夫子庙。学姐、我和她在当地的朋友，三个姑娘逛得很开心。我们扫荡了小吃街上的摊位，争着互相请客，烤鱼串、酸辣粉、四喜甜点和油炒面摆满了小木桌。

吃饱喝足后，又跑去和街头常见的把自己画成青铜像的行为艺术家合影，他俩一个被我揪住了胡子，一个被我抢走了烟袋，可是依然很淡定。后来学姐一时兴起，想要租一套汉服来穿。我们两人又是化妆又是盘头，忙活了好久。最后我举着一只箫，在一棵系满了同心锁的百年老树下低眉顺眼做忧郁状，留下了几张不可外传的照片。

后来，又在一家佛教气息很浓厚的小店里，给爸妈各买了一条印有他们名字的挂件。在一个微雕刻字的摊位上，给 Ellen 做了一条紫水晶手链。也给苏和小夹子各自准备了特别的礼物，留个悬念，等你们回京再看。我不厌其烦地做着以往在每个旅行景点都会做的事，并且每到此刻都会觉得，心里有了值得牵念的人，去路归途，都不觉得遥远。

赛后只在成都停留了一天，因为赶着回来上课，又担心生病的妈妈没人照顾，就仓促地结束了我们的行程。

在飞机上吃完晚餐，拿出一套微型水粉颜料，蘸着橙汁，画了一颗彩蛋。是一朵五彩斑斓的花，在蛋壳上兴高采烈地摇晃着脑袋。想起小吉开玩笑说的："你是文化冬天里盛开的花朵。"

后来就一直抱着我白色的 kindle 3，读完了那本《学飞的盟盟》。好希望自己也像童年的盟盟一样，永远以为自己是一条鱼、一只鸟，与大自然心心相通。或许这才是人生的常态，我们却总以无关紧要的理由，把自己与真正的世界生硬地隔离开。怪不得我读天心的书是会上瘾的，在那里，一颗赤子之心常在。

一直很喜欢夜航班的飞行，因为可以透过机窗，俯视灯火通明的大北京。那些笔直或蜿蜒的街道，两旁是星星点点的路灯光。我相信，下面的每盏灯里，一定都有一个人的梦想。正是这些梦想，点亮了我们的北京。

当然，每盏灯的阴影里，也一定都有一个人的彷徨。那怕什么呢，有梦想的人不会觉得委屈。

回校后，把带回来的灯影牛肉、姜糖、剪纸书签和明信片依次分发给班里的同学。觉得自己很不争气，没能让大家分享到我的喜悦。那就陪我一起，化悲痛为吃牛肉的食欲吧。

心心念念的三创赛，终于在三段漫长的赛程之后告以终结。整理桌面图标的时候，看着策划书的初稿、终稿，PPT 模板、Logo，开场视频，系统演示视频……三个月来，我与它们耳鬓厮磨，有过感动、惊喜，也有过烦闷、懊丧。一切戛然而止，好似一段无疾而终的恋情。

记得我们在教工食堂度过的一个个忙碌的夜晚，定稿、排练、设计问答、制作手工演示盒，直到最后一盏灯关。记得我一笔一画绘制的网页内容和排版，在于鹏洋给力的技术支持下一一实现。记得伍瑶为了调整视频到最合适的长度，一遍遍不厌其烦地重录。记得钟宝宝陪我在偌大的杂货市场转来转去，总能火眼金睛地挑到最合适的材料……

当然，更要感谢靠谱的表哥连夜帮我们制作视频，感谢乱羊替我们设计清新简约的 Logo 和封面。

感谢才华横溢的师叔 relief 在最后关头神速创作了一首好诗，用它来形容我们的系统再合适不过了："自古民以食为天，奈何订餐如登天。欲上九天品珍馐，遍尝美食赛神仙。创新创意加创业，E食无忧便利添。电子服务社交网，潮流开创时代先。移动终端与网页，智能立体互相联。搜索导航与点餐，营养美味有推荐。食客商家皆满意，市场发展有空间。兼有技术强支撑，创业成果皆实现。一键点击功能全，衣食无忧生活甜。"

下午去找指导老师领报销的旅费，她一再表示意外和遗憾，我却尽量将结果看得平淡。毕竟，北京市特等奖和校内决赛一等奖的第一名，对我们来讲已经足够。

其实这学期开学以来，一直过得不顺。先是由于名额限制，与国奖失之交臂。而后又因为看错通知，在最重视的全国决赛中铩羽。妈妈的骨折康复很慢，摘除软骨瘤和移植手术都要拖到寒假才能进行。尽管每日学校和家两头跑，却经常顾此失彼，难以照料周全。

拿起爪机，看看墙里墙外的世界，也同样很不太平。青年导师李开复疲于应对方舟子的质疑，刑满释放的高晓松与可爱多罗永浩吵得不可开交，被逃税1500万元的艾未未还忙着给诸位伸出援手的网友画拮据。可见，人生总有几多跌宕与不顺遂，再金光闪耀的人也在劫难逃。记得自己想要什么，哪怕一路磕磕绊绊地走下去，也终有一天会到达吧。

——就像贺炜说的，所谓人生，大概就是找个说得过去的由头，熬过这些寒冬。

毕竟，一场阴霾过后，生活依然有着可爱的面容。我希望这周可以抓紧把手头的事做完，挤出一点时间来看3D＋IMAX的《丁丁历险记》。希望明天可以下定决心，和谷小宇去遥远的壹空间，听邵夷贝的北京荒岛音乐会。最期待的是几天后，可以和多年未见的大咩，一起去看孟京辉的新剧《初恋》。

前段时间狠下决心，把留了两年半的齐腰长发剪去了不少。终于不会再几天就用光一桶价值不菲的洗发水了，心情却并没有因此而平静多少。还有一个好消息，是再过一星期，陪伴我一年半的牙套就可以摘掉了。不知为何，却没有想象中的欢喜。或许，它就像那些生活赋予我的众多枷锁之中的一个，背得久了，反而感觉不到沉重。

把从武侯祠买来的花格子草鞋钥匙链绑在了我的花格子书包上面，颇有些筚路蓝缕的意味。想起中学语文老师送给我的毕业礼物——一只红舞鞋钥匙链，她说要我像安徒生童话故事里的小女孩，永不止歇地舞蹈下去。其实那是个悲凉的故事，如果不能做自己，舞蹈又有什么意义呢。不如就当个穿草鞋的小女孩，一路磕磕绊绊，一路屡败屡战。

雪后的帝都弥漫着一片浓雾，有人说，拍个核战冬天的电影都不用后期处理了。PM2.5 一直停留在 300 以上，Twitter 上的“Beijing Air”像大本钟一样，每小时出现一回，频频发出 hazardous 警报。我决定把 7－11 里觊觎已久的小熊猫口罩买回来，防寒防污染，一举两得。

总之，希望我爱的人都好好的，阴霾散尽，又有新的生活。

2011 年 12 月 10 日

理想的周末

周五出去买了一些夏天的衣服，几瓶OPI指甲油，几条彩色的铅笔裤以及一双带蝴蝶结的坡跟鞋。不知道自己为何这么急着迎接夏天，可能是灰扑扑的生活过腻了，想给日子上一点颜色。

家住在妈妈大学的校园边，于是周末背着书包，去妈妈二十多年前常去的那间教室。坐在窗边，鸟声如洗，绿叶葱茏。有种恍若隔世的错觉，仿佛这些年的光阴都静止了。没有疯狂上涨的房价和CPI，没有信息爆炸的微博、人人网和论坛，也没有一波波愤怒的地震和海啸。只有一个小姑娘在窗边，安安静静地做着属于她的功课。我们随着这个时代，急急慌慌地向前冲，为什么，不能留一点东西给永恒。

真希望现世安稳，岁月静好。再过二十几年，我的女儿也能够坐在同样的位置，学着同样的内容。

说起来，只有概率论是永恒的。人家李清照能和赵明诚比赛看谁的记性好，能记住某事载于某书某卷某页某行，胜者饮茶以示庆贺。而我永远不能获得一个理想的周末，只能一天到晚跟闺密打赌指数分布的概率密度公式，记错了的请客。

这就是生活。

2011年7月2日

景山游

周末去景山，围观了崇祯皇帝的歪脖树。没想到它竟然只在山脚下，离公园入口不远的地方。最后一眼看世界，尚不能登高望远，可见死得仓皇。不过这一小爿悲壮，很快淹没在拉手风琴的、吹葫芦丝的、说快板的、舞彩带的和大合唱的中老年人的欢乐里。同一座园林，交错的时光，一时竟有些恍惚。烽火连天中悲伤的帝王与平淡岁月里自得其乐的百姓，相得益彰。看着别人的生活，想着自己迢遥的一生，不免有些心乱。不过不管将成为怎样的人，都会有各自的难处与幸福吧。

从景山出来，直接去了对面的北海，好不容易租到了只电瓶船。岸边宁静的白塔，耳畔徐徐的清风，邻船说笑的游人，凑成了午间难得的悠闲时光。方向盘有点迟钝，左扭右转不知该开向哪儿去。在绿树掩映中，依稀可见远处熟悉的街景，往事扑面而来。那些年少时若有若无的怅惘，终于化作了满湖粼粼的波光。

后来又到了图书大厦，想不起上次来是什么时候了。自从有了当当、卓越，有了一小时内送货上门的快书包，有了青番茄这样的实体图书馆，那些像寻宝一样在书架间流连的时光，终于渐行渐远了。不过见到一排排熟悉的书名，依然宛若与旧友重逢，倍感亲切自然。买了阿加莎的《圣诞奇案》。阿婆的书看多了，就觉得故事结构和起承转合都有些雷同，好在情节还算紧凑，可以打发一些无聊时光。又买了一本简媜的《红婴仔》。羡慕她和铁凝，都是在步入中年后，才不疾不徐地找到自己的感情。

马上要迈进二十岁的门槛了，好希望自己也能用一颗成熟的心去驾驭风浪，用一颗天真的心去相信地久天长。看了她那些手绘的育儿小画，我又开始母性泛滥了。我想，每一个母亲都是如此伟大，一个肚子就像一座宇宙，而爱像划过裙角的流星。我也要收收心，去应付乱七八糟的版主申请。加油，为了生命中忽闪的流星。

2011 年 6 月 30 日

睡不着的万圣夜

转眼就11月了。年初的时候，在华星买了一本彩绘的折纸日历，叫“会长大的小树苗”。很立体的，从1月青绿的幼苗，到12月果实丰硕的大树。那时我还想，年底的那页好漂亮，不知什么时候才能翻到。可见，光阴的行走总是这般迅疾，从未让人失望。

今晚，抱着一大包A4纸，路过南门的幼儿园。看到一大群小朋友围站在一起，脚下放着一只只闪亮的南瓜灯。他们唱着口齿不清的英文歌，情绪很高涨。站在栅栏外看了一会儿，心里默默觉得，真好。这对长大后的他们来说，一定是个难忘的夜晚。

如果有中国版的南瓜灯，那一定是冰心笔下的小桔灯了。小学时念到那篇课文，还自主研发了好几只，到处送人。而今忽然倍加想念那篇文章，想念文中小女孩说起“我们大家也都好了！”时美好的决心。可能是因为境遇相近吧，或者仅仅是贪恋那片暖黄的光芒，让人依稀嗅到岁月斑驳的清香。

现在也没有心情做橘子灯了，只有书桌前的熊猫台灯笼罩着我。每晚正式开工之前，总要在灯下翻会儿闲书。今天看的是那本乔帮主亲自授权的传记。好吧，其实我只对八卦的段落有兴趣。没想到帮主的感情世界如此错综复杂，除了媒体着重报道的那些外，还有诸多猛料可挖。

或许，爱情本来是不该被谴责的。想起《骑鹅旅行记》里，小男孩因为丢掉了手头一个不起眼的硬币，而失去了一整座海中的城市。那么，还是珍惜和每个身边人的相遇吧。走下去，总有意想不到的景色在前方。

还有，疯狂买书真是排解情绪的好方法。写不完中期报告的时候，到网上一口气买了八本，都是在愿望清单里陈列了好久的杂书。咬牙按下“确认”键，顿时觉得神清气爽。希望快递送书上门的时候，我可怜的独臂老妈能够hold住。

大半夜的实在睡不着，家里已经好久没买糖果了，希望我不是鬼魂附身了。晚安，亲爱的京版。万圣节暨小光棍儿节，都要开开心心的。

2011年11月1日

兵荒马乱的一周

兵荒马乱的一周到头，很久没有好好记录过自己的生活了。发个长帖，权当梳理心情。

上周末的“三创”有了好结果，决赛还在下月。本以为可以暂时喘息一下了，岂料坏日子还没有开始。

周三逃课陪妈妈去医院，抽了六管血，拍了CT片。我下楼去取片子的时候，先看了一眼，就有种不祥的预感。指骨里面有椭圆型的阴影，不像是一般的骨折。初步诊断是内生软骨瘤，几个月后做手术，移植人造骨。

在“北邮愿望树”那儿发了个帖，祈祷妈妈早日康复。收到了40多条祝福，看着那些陌生的ID，觉得论坛是个好温馨的地方。

家里有些不适合机洗的衣服，妈妈单手洗不动，急得一直给我发短信。那天晚上开完会，匆匆忙忙赶回家，已经十点了。一口气手洗了十二件，直到再也没有可洗的为止。

然后就华丽地变身小主妇，笨拙地张罗妈妈的一日三餐，家里学校两头跑。炖了排骨汤，下了热面条，蒸上馒头和鸡蛋。每次课前掐着点从家里出发，一路心烦意乱地盯着每个红灯，还是以迟到十分钟而告结。

上着课，手机也砰砰地震动。感觉手头总有联系不完的人，回答不完的问题。要汇总全院同学的毕业去向和联系方式、要核对各班的奖学金账户、要出席党校各种讲座和活动。

回到家，面对着妈妈一次次崩溃的哭泣，强颜欢笑地让她相信，我们可以轻描淡写地解决所有的问题。心里暗想，或许我该学几招凌波微步，整日脚不沾地，提高生活效率。

下周爸爸又出差了，不知道这种两个女人相依为命的日子还要持续多久。

在微博上整天兴高采烈的，永远阳光少女，一直超人模式。其实，只是给外人看的。还好，有乡版水楼这个隐蔽的地方，能吐几句心里话，轻松一下。

说实话，这几天让我更明白了"父母在，不远游"的意义。只希望几个月后的手术别带来恶变的消息，只要你好好的，日子再难，也是可以忍受的了。我拥有过的最耐心温暖的宇宙是你给的，我也要打造这样的一个世界，为你。

周末去超市采购了一趟，整理了换季的衣服。搞定了一门课的期中论文，还有形势与政策长篇累牍的手抄稿。给屋里做了例行的扫除，撕了一张奈良美智画册里的愤怒娃娃，贴在墙上，自勉。

下一周，要搞定创新项目的中期检查，弄清企模竞赛那些天花乱坠的计算表。要准备商务英语的期中考试，研究落下很多的运筹学。要全神贯注地听讲，不再想林林总总的琐事，不学无术的感觉糟糕透了。

要苦练厨艺，不再让生病的妈妈只吃到酸溜溜的清汤挂面。

有时候，真想眼一闭手一摊，踏踏实实睡到天光大亮，什么都不想、不管。可是心里明白，那些温柔的、清新的，看看蓝天吹吹风的日子，其实已经离我很远了。

无论如何，下周要调整好自己。这样就算命运劈头盖脸地砸下来，也有力气扛。

心里憋着事，又不能像祥林嫂似的四处吐槽，就当这里是一只树洞好了。说完了，一切照旧。谁的生活不是一样的难呢。那么，就开足马力，带着一颗为未来拔足狂奔的决心，认真过下去吧。

2011年11月8日

寒假日记

寒假第 1 天：

早上一睁眼，看到上学期期末养的水仙冒出了许多花苞。这贴心的小东西，总在最适当的时候给我欢喜。似乎只有书和植物，永远爱我，永远不离开我。其实也知道这世间没有持久不变的事物，但相信时光逝去，美会留下。

闺密翘了下午的实习，陪我出去看电影。有这么个人真好，从小到大，我那些细密的心思、温柔的日子和没出息的故事，她全知道。

中午的阳光真好，铺天盖地的温暖，让人想到那些恍如隔世的万水千山。

下午走了两条街，也没有坐上计程车。来来往往的空车很多，但是都不停，什么时候连打车也变成双向选择了，司机先生们都傲娇得很。

找到地铁 4 号线，却迷迷糊糊地坐错了方向。上车走了一站才发现，很淡定地跑下来了。

我想，在这漫长的一生里，搭错车、看错人总是难免的，而回头是多么简单的事。

摇摇晃晃地坐了一路，想起以前我们一起坐地铁的时候，你紧紧环抱着我，好像一只硕大的栏杆。可是今天我发现，独自坐地铁也是一种很有趣的经历。眼睛不用一直盯着你，得以悠闲地观察百态人群。

对面坐着一个漂亮的小姑娘，很像林妙可。但她只有四根手指，掌心从中间裂开，夹了一只香蕉努力地吃着，看起来很开心。我很喜欢她，但不是因为同情。我想我们每个人，都需要修炼一副强大的内心，去应对残缺的命运。这样说来，我们是平等的。

身旁站了一个中年妇女，衣着很朴素。见我看着她，笑笑说：“扫了一天卫生，累得快站不住了。”想了想，起身把座位让给了她。近些天都过着足不出户的日子，很久没出现在人口密集的场合了，这种陌生人之间温暖的情意，还挺让人想念的。

和闺密在上岛咖啡度过了一个眉飞色舞的下午。她已经下定决心要去英国读研，我应该是留在国内的，不过也想参加个交换项目出去看看。我们商定以后一起坐着小火车畅游欧洲，说着说着就兴奋起来。想起高中的时候，我帮班里写的新年贺诗——“开往春天的幸福车”。五年了，身边的旅伴聚了又散，我却依然坚信在通向未来的车上，有我一张小小的，安稳的座。

后来去逛图书大厦，买了韩寒的《青春》。前不久他的三篇文章一石激起千层浪，这本文集，收录了他两年来的思路历程，我想认真读读。还买了山本文绪的《31 岁又怎样》，读起来有青山七惠的味道。挺喜欢这些日本文学的中译本，举重若轻的句子，让人觉得生活的真谛就是这种淡淡的从容。还有一本王小峰的乐评——《答案从未在风中飘》，很有内容。

寒假第 3 天：

中午和闺密去看了《喜羊羊与灰太郎》，周围坐着各种小朋友和他们的家长。其实我有些看不下去了，不过在她眼里我永远这么幼稚，而她永远愿意陪我做这些幼稚的事。

不禁又想起高中那些云淡风轻的日子。我和朋友每天晚自习的课间，都会绕着校园逛大大的一圈。深蓝的夜幕上月亮又黄又圆，宽阔的操场积满白雪，泛着清辉。教学楼墙上的浮雕凹凸有致，曲曲折折的回廊，每条立柱上都刻着诗。走过远处的一排小楼，是留学生的教室，五色的国旗迎风招展。空气里有青草淡淡的味道。我们兴致盎然地聊着彼此的生活，是一天中难得的轻松时刻。

说真的，我好想念那样的日子。一些人，几本书，就是全部的世界。那些干干净净的情感，直抵心灵深处。而现在，生活丰富了，心情复杂了，爱与恨反而不足挂齿了。

给我的水仙花洗了个舒服的澡，又煎了两只鸡蛋。看着床头镜子里的自己，竟然莫名其妙地落下泪来。但我并不伤心，因为在这清澈的泪光里，隐约看见了一个幸福的未来。

寒假第 4 天：

刚刚回来，看到自己的帖子被清了水、加了精，谢谢。悄悄真是个温暖的地方。也许，我们每个人的本质都是只锋芒毕露的刺猬，会把亲密的人扎得遍体鳞伤，却与陌生的人微笑着遥遥相望。

还是想把这份日记继续下去，到我真正感到幸福为止。发现每天其实还是有很多心情的，只是从前因为心怀疑惧而不敢倾吐，只好任凭它们随着光阴的热浪，蒸发了。突然觉得很有成就感，如果能让这些随时能拧出泪水的日子，汇聚成为一眼清泉。将干涸的未来，滋润成一片金黄的麦田。

上午陪妈妈去了医院，拎着大包小包，排队挂号、缴费、取药，在各个门诊楼之间穿梭，忙活了好半天。但心里竟觉得有一点安慰——虽然男朋友会跑，但妈妈永远是我的。想到还有一个她，默默地站在背后等着我变强大，就觉得，眼前沉重的磐石都细若流沙。

和医生讨论了手术的时间和恢复的流程。看着走廊里那些拎着盆盆罐罐的患者家属，觉得一项大任务又横亘在眼前了。我总是习惯这样，将日子切割划分为一项接一项的任务。可是，当我真正走过了那些日子，蓦然回首才发现，曾经觉得无法逾越的障碍，只需咬紧牙关轻轻一迈。而曾经被人捧在手心里许诺过的未来，却跑得比爱丽丝的兔子还快。

晚上去了姥爷家。舅舅和爸爸一起唱民歌给姥爷听，还争着飙高音，逗得我们前仰后合。阿姨看起来又老了些，坐在床边，默默地剥榛仁给我吃。看到了姥爷的 2012 新日历，每一个小方格里齐齐整整地写着“××在电脑前打字一天”、“××晚上参加新年聚会”……看得我一阵心酸。这就是姥爷眼里一家人的生活，我们各自热闹着，又给了他什么呢。

思绪万千，可是又该说晚安了。2012，只要我们一家人还相亲相爱着，一切都妥妥的。

寒假第5天：

上午听从版上童鞋们的建议，看了《和 summer 的 500 天》。其实这种类型的电影不是我的菜，可是它却提醒我，不要被生活中一点随便的温暖烤得火热，要拿出一些执着，为自己寻找一个“真爱”的着落。

下午看了《转山》，喜欢那瓦蓝得不着边际的天，和乱石堆积的高原。或许生命就像滇藏线的沿途，有着起伏升降的高度。我们都气喘吁吁风尘仆仆，靠一点微薄的信仰，走完剩下的路。多希望在我体力不支的时候，也有人在后面推着车，声嘶力竭地呐喊：“脚尖用力！坚持！”尽管事实上，唯一能依靠的还是自己的坚强。

总而言之，今天是糟糕的一天。尽管收音机一直在环球资讯广播和国际在线之间调换，尽管还在虾米上听了几张喜欢的乐队专辑，尽管给我的毛绒玩具们依次喷了范思哲香水，尽管手头的三本闲书都有了新的进展，尽管做了一顿饭洗了三次碗，心里还是没着没落的。还是走出家门吧，明天中午去后海坐冰车，再也不能容忍自己胡思乱想了。

寒假第10天：

以前每到春节的上午，都迫不及待地创作各种藏头诗，四处乱发的。今天实在是没心情。也收到了一些祝福，都是竞赛和工作上的伙伴。看着最新短信列表，那一连串熟悉的名字，勾起我对过去艰辛一年的回忆，竟然被自己感动得想哭。

春节了，你们快乐着你们的快乐吧。只想找个树洞深深躲藏，管它外面风雪冰霜，抑或盛夏暖阳。

寒假第14天：

这几天头痛未愈，脑袋里好像有个昏昏沉沉的小人，不知怎样才能把它唤醒。妈妈也发烧了。可能是因为那天我俩拎着给姥爷买的新衣服，在空荡荡的街头站了太久，气温有零下十摄氏度，偏偏怎么都等不到车。其实我一直不太适应春节时的北京，俨然就是一座空城。盼望它早些恢复往日吵吵嚷嚷的生机，正如盼望着春回大地。

早上起来看了《两小无猜》，倒是不讨厌电影里两个孩子那些疯狂的恶作剧，好像小时候也有人用“古灵精怪”之类的词语来评价自己。其实我很羡慕朱利安和苏菲，还有《oneday》里的Dexter和Emma。多么幸运能有个心有灵犀、惺惺相惜的知己，纵使在漫长的时光里并没有真正在一起，彼此间也全无芥蒂，甚至胜过许多貌合神离的情侣。

廖一梅说：“我们不断长大的过程就是不断不信和厌倦的过程，我们丧失了生命的新奇感，不断学习成熟稳重，克制欲望，保护自己。”可是，还是真切地期盼着，终有一天，能遇到一个人，帮我唤回心底的渴望，剥掉那些让心灵和感官变得麻木、被生活磨出的厚厚的老茧，让我看到，生命的本质就是这般无遮无拦的，勇敢的，坚强的，多情的。“Love me，if you dare……”

下午看了期盼已久的费德勒与纳达尔的澳网对决。虽然奶牛的进攻不如当年犀利，纳豆的脚步也不及从前快速，但只要有他们就有说不完的故事和精彩。今天的墨尔本一定很美，有场外的国庆烟花，和场内的星光熠熠。

最近还挺爱玩爪机上的网球游戏，左右开弓地调戏对手，总是其乐无穷。我时常想象，自己也是站在人生的球场上，不假思索地接着一个个打过来的球。我所能做的，大概只是在生活对我发起下一轮进攻之前，竭尽全力地奔跑，寻找合适的接球方位和角度。

这个假期，就像一段转瞬即逝的中场休息。不知道老当益壮的自己，能否顺利扳回下一局。

寒假第19天：

最近还是老样子。日子不紧不慢，天气不冷不暖。大寒已经过去，转眼就立春了。

今晨睡眼惺忪地爬起床，带着昨天连夜炮制好的简历，横贯大半个京城，去了联系好的报社。

一边听着研发部的主管细数最近部门里的任务，一边为自己当初头脑发热，挑选了这个假大空的专业而后悔不迭。他哗哗地翻着我的简历，似乎只对我的高中母校比较感兴趣。后来又不知哪儿冒出的心情，问我画画儿有没有得过什么奖，可以给他画一幅肖像裱在墙上。我斗胆表示，自己确实比较擅长画麦兜。

终于还是被录用了。大概就是做些优化微博界面，修缮规章制度，还有发发帖子这样的杂活儿。虽然没有报酬，但是可以刷他们的饭卡。并且承诺部门里的适龄单身男青年有很多。

回家路上，妈妈的朋友打来电话，希望我这两天抽时间帮她女儿讲讲中考作文。以前也做过类似的事情，所以应该会比较顺手。不过还要从以前的PPT和邮件中，先整理一些资料出来才好。我想，如果哪天家道中落，倒是可以考虑开展一下此类业务，毕竟最近提出过近似要求的已经有四五家了。

试着说服自己，这就是眼下的生活了。虽然一颗心时常由于敏感而显得过于脆弱，却也有着丰富的韧性能自行愈合。慢慢去做一些事，就会找到活着的兴致与价值感。

写这篇日记的时候，太阳还未下山。温热的日光，烘烤着我的衣裳。彼时光景，让我想起童年时在老家，和姥姥一起度过的那些暖洋洋的下午。那时我们相谈甚欢，以旁观者的眼光，细数着各户的家长里短。那样淡然，好似整个世界都与己无关。如今，姥姥去了另一个世界，我也大了，不得不成了自己人生的当事人了。

晚上和妈妈在后海散步归来，有些倦意。明天，又有新的任务要忙活了。或许这些日记也要暂时告一段落了。所以今天奢侈了一下，放纵自己沉溺于肤浅的回忆，算做告别。不过这一次，就像《芒果街上的小屋》里说过的，离开，是为了回来。

是的，会有那么一天的。我将再次走出生活的围墙，笑脸如满月般明亮。

2012 年 2 月 20 日

薄 莫

开学几个星期，日子像插了翅膀一样轻盈地飞去。整理这一周的日记，发现竟然事事有关于别离。终于决定把它们贴在这里，犹如在一次远程的奔跑中调整呼吸。

周二去了肿羊羊声势浩大的版聚，与几位新识故交相谈甚欢。想起去年冬天，我的版聚结束的时候。我挥舞着不知是谁塞给我的晚会荧光棒，目送着一大帮人，摇摇晃晃地向图书馆走去。月光把他们的影子拉得很长，那些背影像夜风中的树一样分外硬朗。

只是未曾设想，这些相聚的欢娱都短暂得如梦一场。你们终究只能变成人人网上一个个活跃或消沉的小头像，在千里之遥的地方，做着与我毫不相干的事。就像那个上周转学去美国的同班姑娘，我俩大一军训时偷偷溜到食堂，拿苹果与炒菜的大爷换豆包吃的英勇事迹仿佛还在眼前，再度相见却已成奢望。

妈妈正在隔壁房间看不知第几遍的《北京爱情故事》。全剧终结，汪峰的那首《再见，青春》适时地响起。那么，再见吧青春。再见美丽的疼痛，和永恒的迷惘。既然早晚要各奔四方，不如快快回头，以免瞥见时光尽头的一地荒凉。只是还想说一句，能在如斯锦绣里与你们相识相遇，年华至此，圆满，已无叹息。

周三是爸爸的生日，用了整整一下午的时间，画了一幅很大的油画送他。画上有个戴草帽的小姑娘，面朝大海，敞开胸怀。一片碧蓝的海面上，三三两两的海鸥迎着归帆。

很巧的，那天也是四年一遇的女生表白日。听说夜晚的校园里，又上演了一幕浪漫的剧。只是我们永远无法预知，现今的甜蜜会换来日后怎样的结局。睡前又一次对爸爸说了生日快乐，其实我还想说，这世上的爱那么多，只有你的像海一样沉静辽阔。

周四晚上，我最心爱的粉嘟嘟的笔记本死掉了。从持续闪烁的白屏，到根本无法开机。一年多来，它陪我南征北战，屡立战功，又频遭磕碰。实在懒得拿去修理，索性用回了家里的台式机。不如就让那些照片文字，那些无法复刻的记忆，随着旧时光慢慢沉寂。

不过说真的，我好想念从前那个自己。电脑里分门别类的资料，记录着我为了某个目标而竭尽全力的时期。比如拎着大包小捆的行李，风尘仆仆地走在一座座陌生的城市里。黎明前赶往赛区，楼上楼下地跑着调试机器。A4 纸上密密麻麻地写满准备回答的问题。一遍一遍严苛的演习，好似对待一出要公演的戏。午夜，在卫生间的花洒下咬着嘴唇轻轻哭泣。

好想唤醒这些沉睡的记忆，提醒自己这一路走来的诸多不易。以免现在这个脆弱的自己，会在到达终点前丧尽勇气。或者，想哭就哭吧，用泪水浸没岁月的尘沙，把它亲手打造成一座通天的塔。

周五去小白楼，领回了一张意义重大的奖状。虽然是意料之中的事情，但是能批下来还是很开心。3 月中旬，又要着手准备新的竞赛了。每次被别人当做一个靠谱的人来信任，心里总感觉沉甸甸的。

周五下午跑去科会，看最新上映的《钱学森》。他从前就居住在我家对街，看到电影镜头缓缓扫过熟悉的院落，他和夫人平静地漫步在午后斑驳的树影里。真的很羡慕这样的一生，经过多么曲折复杂的行程，实现对于心中的理想朝圣。这一路有大悲恸和真从容。

新的一周，希望我每天的公交单词计划能够热火朝天地开展，每晚自习计划也要矢志不渝地进行。报了周六早上网球班，每周可以睡懒觉的日子又少了一天。不过还是满怀期待的。但愿能够锻炼出足够的气力，把生活中的难题，像迎面而来的网球一样用力击打出去。只是有些遗憾，没时间继续学交谊舞了。

无论如何，日子算是热热闹闹地过起来了。新学期，一定要好好安排自己的生活。再也不能将整个人生当做一笔小零钱，零敲碎打地花出去了。

前些天，学会了用手语说“北京邮电大学”。和妈妈一起轻轻比划着小邮戳和小闪电，突然心生温暖。

三年了，终于酝酿出一种强烈的归属感。是的，我爱这里，爱这座与我休戚相关的校园。日复一日，草木的芬芳伴我成长，冷酷的风雪都被原谅。

我将继续在这里安静地游走，努力变得外圆内方，神采飞扬。揣着热腾腾的希望，挨过一路雨露风霜，就算你不在身旁。

相信漫长的时光，会将一个对的人带到我面前。世界大、生命长，只为与你分享。

昨晚和爸爸出去逛街，一番软磨硬泡，终于说服他给我买下了 Azona A02 的新款大红色风衣。他笑我穿上之后像一个傻傻的新娘，我却喜欢这种没心没肺的晴朗。天气终于暖和起来了，夜渐短，昼渐长。要记得把枕头里发霉的梦想，都拎出来晒晒太阳。

我也知道，所谓春天总是太仓促，凡尘间的种种华丽，终归要回到平实的大地。也许不需要举个锄头去葬花，一颗心就像一粒小小的花籽，已经在这片沃土下深深埋藏。无论如何，都不能再放纵自己在生活的果园里采撷欢乐，而忘记播种一些留给来年收割。

其实真的很感激这里，陪我一步步走出阴霾。如同一个新生的婴孩，重拾阳光般透亮的神采。

过去的两个月来，Iwhisper于我，是个安静的港湾。假期里的十几篇日记，也许有小一万字。还有那些无处可道的晚安，堆在水楼里面。有些同情从前的自己，只能借以只言片语，安抚那些无处遁形的，流水一般的无力和悲伤。春天来了，是时候说再见了。希望有一天，我不再需要一处隐蔽的树洞，而是可以坦诚地向这个世界吐露心声。

还没有想好，以后要去往哪里。找一处美丽的风景栖居，或者一直一直流浪，向着远方。

不过，一句告别并不意味着，我将狠心遗忘这一路上的景致。我想，它们一定都长成了一棵棵手植的绿树，在我未来的回忆里，亭亭如盖。

那么，就悄悄地走吧，一如我悄悄地来。

2012年3月5日

诗歌

我来到这世上，却不曾歌唱

——此刻暮色四合 华灯初上
穿过一栋接一栋灰色的楼房
这座熙熙攘攘城市是我的故乡

它是达官贵人的游乐场
是游客沿途的无限风光
是诗人眼里的鸟语花香
是蚁族心中的壮志铿锵

于我而言 它和童年没什么两样
熟悉的老地名意蕴悠长
崭新的街道将过往的喧响深深埋藏
它像倦鸟收拢羽翼 停止飞翔
一如黄昏时疲惫的村庄

我来到这世上 却不曾歌唱

背负了二十年的行囊
却没有能拿得出手的一技之长
既无法穿上白大褂救死扶伤
亦不能手舞足蹈地敲下代码一行行

我来到这世上 却不曾歌唱
爱情是一种遥远的忧伤
白塔之下 北海冰冻的湖面空阔坦荡
一如我内心无法填补的荒凉
只能继续 在命运的海洋里搏击风浪
抛却热血 去做铁石心肠的船长

我来到这世上 却不曾歌唱
转眼父母已发如霜
我却仍如柔软的藤蔓 缺少担当
亦无处排遣 这青黄不接的怅惘

我来到这世上 却不曾歌唱
对光明与美的热望
不时敲打着我的心脏
却再不忍触碰 那美丽的诗行

我来到这世上 却不曾歌唱
未来会是一场场周而复始的流浪

把青春化成单薄的数字 存进银行
将五彩的梦想 寄托在下一代身上
也会为了取悦自己而四处游逛
那些压力 像灵感一样需要定期释放

我来到这世上 却不曾歌唱
夜色芬芳 万家灯火辉煌
有多少人 就有多少种绝望

2012 年 2 月 3 日

理想主义者的春天

我想 去找一座春意盎然的小岛
距那座形而下的城市
千里之遥
那里 有属于春天的全部美好

我要为简陋的房子
刷上七彩的涂料
我要买来龙骨 白米和红枣
指挥锅碗瓢盆 跳起动人的舞蹈

我要穿上闲置已久的轮滑鞋
在深蓝的夜幕下 逃往公路尽头的神秘城堡
我要走上那条花香四溢的大道
把写着心愿的风筝 放得比天空还高

我要在竹藤秋千上喝茶、看报
听你 为我缝的布娃娃唱童谣

在你眼里 我看到
一整个春天的妖娆

我要踏上那座年迈的拱桥
看成群的鱼儿为面包 焦灼地争吵
给你一个平静的微笑
假装我们从不曾用力地 相互寻找

理想主义者的春天 长出了花苞
或许这一秒
听听心的声音
比脚下的路更重要

几番春色爬上枝梢
后来 我们在彼此的时光里
心满意足地变老

2011 年 4 月 11 日

如果，可以的话

如果可以的话 让我做个自由的人好吗
在辽阔的草原上纵情牧马
去故乡的山顶看夕阳西下
别笑我啊
让我做个自由的人好吗

如果可以的话 让我做个自由的人好吗
在昏黄的台灯下漫无边际地写写画画
只与最感兴趣的人说话
别笑我啊
让我做个自由的人好吗

如果可以的话 让我做个自由的人好吗
不必把那些言不由衷的知识一股脑儿吞咽下
我有许多闲暇 可以散步 养花
与古今闪光的灵魂对话
别笑我啊

让我做个自由的人好吗

如果可以的话 让我做个自由的人好吗
今天我的世界里只有三毛 简祯 阿加莎
我可以像村上春树一样不知疲倦地奔跑吗
把那些遥不可及的未来远远丢下
心无旁骛地做个傻瓜
如果可以的话 让我做个自由的人好吗
今天 一颗不安分的心向单薄的现实告假
难道就这样过完一生吗

如果 都不可以的话
再给我一分钟时间 做完这个疯狂的梦好吗
别笑我啊
在这片奶白色的 无言的月光下

2010 年 3 月 27 日

所谓生活

或许 所谓生活
是一趟马不停蹄的班车
我们是上天安排的乘客
因而都没得选择

正如余华所说
活着 就是为了活着
任凭窗外天雷地火
我只愿保住一张 安稳的座
——可是怎奈 山河破落

或许 所谓生活
是一场开到荼靡的焰火
我们是无所畏惧的勇者
只相信美丽的传说

正如少女小渔
为爱甘做他乡异客
任凭失去自我
只为证明 这世界我来过
——只是孰料 人心莫测

或许 所谓生活
是一曲圣母玛利亚的颂歌
我们是矢志不渝的朝圣者
一颗满怀梦想的心无比鲜活

正如梵高的向日葵
一生只追逐太阳的颜色
或是舞台上假戏真做的程蝶衣
不疯魔 不成活
——只是遗憾 生前落魄

原来 不曾有所谓生活的准则
我只是不停 在与生活讲和

与生活讲和
然而苟活不是我的准则
努力去看去听去发现
只对我能改变的负责

与生活讲和
然而冷漠不是我的准则
依然真诚地付出毫不吝啬
只要不过度打扰彼此的生活

与生活讲和
然而声名不是我的准则
只是凡事做到卓越
让成功在身后追赶我

2011 年 4 月 10 日

从明天起

从明天起
远离尘世的繁扰奔忙 脚痕熙攘
在这朴素的地方
陪伴每夜的 只有深蓝天幕上
漫天静谧的星光

从明天起
与同窗共度一段苦乐交织的时光
尘沙飞扬的豪情满腔
口号激昂的淋漓酣畅
锅碗瓢盆的互助共享
再次回望
青春是如此动人的模样

从明天起
向祖国母亲 献上儿女的一片热切衷肠
即使不曾实弹荷枪

也梦想巩卫国防 戍守边疆

从明天起
收起思乡的惆怅
在远离故土的地方兀自成长 渐露锋芒
爸妈 请不必挂念
今日我终于 如你所愿般坚强

从明天起
做荒野大漠里一株不倒的胡杨
在每一次焦渴难耐的时刻 独立道旁
在每一个晴朗无云的日子 追赶太阳

从明天起
以青春的名义 编织一双坚韧的翅膀
在每个晨雾将散的破晓
展开所有可能与不可能的 飞翔

2010 年 4 月 15 日

春天的日子都开花

春天的日子都开花
雪冻冰封在一瞬间轰然坍塌
这条路上我们戎装笔挺 兵戈铁马
也共享喜悦的面容和真心的话

春天的日子都开花
花儿是我们傲立在骄阳下
看天那边色彩华丽的变化
花儿是我们匍匐在大地上
浸透全身的汗水和着泥巴

春天的日子都开花
花儿是暴雨后潮湿的雾气
将一切委屈的血汗洗刷
花儿是这一季美好辛苦的记忆
在岁月的那头喧哗

春天的日子都开花

年轻的季节总有几天雨打风刮

雨水的力量让我们生出绿色的藤蔓

向上攀爬

春天的日子都开花

每天都是一朵奇葩

崭新的季节里

向前走 就什么都放得下

春天的日子都开花

所有亲爱的人啊 你们都好吗

我们一起迎接春天吧

春天的日子都开花

所有勇敢的人啊

我们一起 向着明天奔跑吧

2011 年 3 月 2 日

风雨中国

这是一面旗帜下的庄严承诺
百年前 一群有志青年为社会主义艰难地摇旗高歌
今天 太空舱外五星红旗胜利地飘着

这是一片火光沸腾的颜色
百年前 虎门销烟的熊熊烈火
换来今天 鸟巢上空闪亮的笑脸焰火

这是一群金发碧眼的外国使者
百年前 列强贪婪的铁蹄将这片山河踏破
今天他们重回这里 在一座流光溢彩的城市参与世博

这是一位年逾花甲的老者
坚强地走过一路坎坷波折
而今 那颗饱受风霜的心灵依旧鲜活
随时代的节奏 迸发出铿锵有力的脉搏

这是一列朝发夕至的客车
在前人铺就的轨道上稳稳地开着
我们是幸运的旅客 同时也肩负重责
我们要让沿途的梦想全部开花结果
我们要将这一路走得越发坦荡宽阔

这是我的祖国
这是我深爱的祖国

我爱她九百六十万疆土的肥沃
爱她举手投足间的气宇磅礴
更爱她不老的年轻和不屈的品格

祝福你的生日 我的祖国
风雨中站起的中国
必将从苦难走向欢乐
从贫瘠走向丰硕

2009 年 10 月 3 日

文 学

在梦里 在梦里我曾见过它
还记得 那是在一片叮当响的月光下
只是 它不曾与我对话

它有张天真的微笑的脸
它总是固执地小声地呜咽
它有时离我们很远
有时又突然出现

——停驻
在我指间的 那一片春天

你看 那个有它的春天
枝头的鸟儿唱着翠绿的歌
总是简单 又深刻

它站上那座很矮很矮的山坡

指挥冬眠的种子 开出清香的花朵

这份满怀深情的艺术创作

令身边所有的美景 刹那黯然失色

我寻它

在每一条蝉声如雨的小巷

在每一个阴晴圆缺的月夜

何方传来人们呼唤它的声音

总是热烈 又亲切

它有一个名字 叫文学

我听到

它是每一条冰冻的小溪愤怒地咆哮

击碎的 是凝固的坚冰的棱角

奔淌的 是响亮的阳光的骄傲

我看到

它是清晨每一道明丽的曙光

不辞劳苦地照亮 那些沉睡中的脸庞

它是窗外每一阵愉快的春风

轻手轻脚地吹散 我们梦里莫名的哀伤

我知道

它是雨后每一道彩虹的力量

牵引每一双被粘住的翅膀 飞向北方

它是一双双善良的眼睛

仰望迟到的天晴

它正在感动 那些尚未感动的心灵

2008 年 10 月 20 日

秋天的故事

——2008年校运会宣传稿

很多年后我会不会记得这个故事
在那个碧朗的秋日
有风 有云 和远处苍劲的树枝

很多年后我会不会记得这个故事
身边的你像勇猛的战士
昂首 迈步 迎着阳光向前飞驰

很多年后我会不会记得这个故事
温暖闪亮的看台布置
梅花 灯笼 像是一个隆重的仪式

很多年后 我会不会记得这个故事
这首你我用心合写的诗
这个坚强与爱的圆满故事 这个永恒的故事

2008年10月5日

六月的麦子

——写给 2008 年年初暴风雪和汶川灾区的人

生活像是一张白纸
我已很久没在上面写诗
那天我又梦到海子
面朝大海 怀里抱一棵金灿灿的麦子

故事 是这样开始
破土 萌芽
我是一棵麦子

如果你也听说
属于麦子的凌云壮志
温暖的六月来时
我会有饱满的粒子 和金色的诗

——可是那天我看到
漫天厚雪将宁静的村庄吞噬
含泪的烛光 与无望的寒冷对峙
乡亲别哭
我是你们的麦子

原来成长就是
一颗心被晒干又淋湿
挺直腰
眼前又是和风丽日

总是这样平凡的日子
该细水长流还是向前飞驰
或许梦想的种子
要用一辈子 去等待它的果实

——可是那天我看到
山间滚落下破碎的泥石
满地都是坍圮的房子
是梦吧 却又这样真实

灾区的他们再无收获的日子
绝望的他们是否需要粮食
突然好想喷香的饭桌上

有双伸向我的筷子

王子公主从此过上幸福的日子
但愿这悲伤的故事
有个全新的开始

六月就快到了吗
阳光下
我是金色的麦子

2008 年 5 月 20 日

开往春天的幸福车

——献给我们的 2006 年，一个微小且珍重的纪念

掬一捧山泉如水的凉涩
走一段行板如歌的起落
梦想为青春涂抹了一片 明亮的颜色
我们争相踏上了
开往春天的 幸福车

仿佛还未找到一张合适的座
广播里已响起嘹亮的军歌

挑起一肩刚毅的执著
男子汉的血气是汗流泪不落
过上一段朴素的生活
星空下的歌是动人清澈的
扬沙的高坡

是你与我肩并肩路过

融入精美的旅途生活
生动的故事有太多太多

还记得么
我们用心筹备的运动会 疲累的脸上是暖风微微
还记得么
秋游时一路飞奔闯关的无畏
同舟共济的滋味 像是加了奶糖的咖啡

蘸月光为墨
为青春的列车涂画上浓厚的颜色
忧民安邦的职责
也定会在车上稳稳地载着

看列车驶进漆黑的山洞
厚实的书本上映着光影憧憧
掌一盏长明的夜灯
淡定的笑容 湮没进喧闹的人声
又有多少闪亮的梦
催生在那 无言的星空

或许我们的生活
是首暖暖的欢歌
有我轻抚琴弦

唱出百听不厌的甜

或许我们的生活
是那辆飞驰而过的列车
有我握刀持剑
护卫它通向春天

通向我们的终点站
一个雀跃的——春天

2006 年 12 月 30 日

冬天快乐

——唱给 Ellen 的歌

你说你是最悲观的乐观者
心事淌成秋末寂静的河
我想我是最乐观的悲观者
伤心的话笑着对人说

冰冻的手指给你牵着
碰出最贴心的快乐
你说即使是平凡的生活
也要像煮过的红茶慢慢喝

天气预报刚刚说气温降到零下 9 度了
呼出的气体变好看的白雾了
舒服的早操换痛苦的跑步了
这是不是都在证实着冬天来了

校门口的烤白薯热气腾腾的
你一个 我一个
吃掉它就不冷了
窗外的枝上 挂着酸甜的小果
芯里面的仁藏了坚定的一个
你相信么 熬过冷冬定会有喜人的春色
看枝桠上站满最热闹的花朵

长长的跑道 怎么就没有尽头呢
我们说好坚持就决不退缩
扬起脸来努力笑着
就连狂风也会变得软弱

什么时候 下场大雪呢
我们一起滚个潇洒的雪人哥哥
看太阳伸出金色的手指把他抚摸
哭了的心
也安静得像一张 小小的课桌

天黑得越来越早了
怀里的书也厚了好多
如果路灯都累得不亮了
我们该挤上哪辆 开往幸福的公车

五天不停的黄沙风
把路都刮得模糊了可天却是可爱的棕橘色

所以亲爱的你一定要快乐
就算 冬天它来了

请你一定要记得
一直还会有我陪着

这个冬天不长的
向前走向前走
慢慢地就暖和了
为了成长 一切都值得

泪噙在骄傲的眼眶 不落
其实 我们都是幸福的

2006年12月23日

放射阳光的天使

悄悄地
带时光飞向预赛的开始
微笑着
我们是热情倔强的天使

蔚蓝的旗帜
挺立起一片宁静温和的支持
齐整的口号
激越出凌云的壮志

加油棒上红黄交织
明丽的希望将赛场的冷酷冰释
奔驰在碧朗的秋日
泪汗成诗

而我们 是会放射阳光的天使
悠然滑翔 看天涯的梦想近在咫尺
笑容纯净 穿透雾气的迷离与风雨的如织
用心期待 下一个夏至

2006年11月3日

写给天伊

一天天繁重的日子
将心底的诗情画意 不露声色地侵蚀
我也只有这几句朴实的小诗
送给你的生日

天伊
喜欢你这个寓意美好的名字
像是偶然飞近我身旁的天使
在我生命中最为黯淡的日子里
成为一个温暖且重要的支持

感谢你陪我走过
田径场上飞沙走石的凛冽冬日
还在晚自习后的月亮底下
为我讲述一个个眉飞色舞的故事

我常想 也许多年以后
你已拥有了如同天使般纯净明丽的日子

我也走过了凡世间无尽的冬雷夏雨 春华秋实

也许心灵的化妆师
已让我们忘记了彼此曾经的样子
也许我们都已开始
惧怕时光这所大门的沉重厚实

——可是请你相信啊
当你再次拿出这首蹩脚的小诗
它就是那把 余温尚存的钥匙

2008 年 4 月 19 日

写 给 家 人

这世界唯一的你

妈妈，这次的节日别有意义。因为，今年是你成为母亲的第二十个年头。我不敢想象，这些年，你是怎样从一个明眸皓齿、顾盼生辉的少女，成为了一个疾病缠身、微微发福的妇人。

你愿意自断羽翼，套上脚镣，终其一生成为奴隶。你愿意独立承担一切苦厄，成为一个没有资格绝望的人。于是，你做了母亲。

你是一个急性子，说话办事雷厉风行。可是面对我，你又那样的耐心。你一直在等，等牙牙学语的我叫出第一声“妈妈”，等蹒跚学步的我跌跌撞撞地奔向你。

多想再次回到你的怀里，那是世界上最安全的地方。

妈妈你知道吗？你比一千个太阳还明亮。

你给我光，于是我顺势生长。

我多么想把一切成长的荣誉与你分享，可我知道，即使败走麦城你也不会对我另眼相看。

所以，即使枪林弹雨也会欣然前行，因为背后有你鼓励的眼睛。

谢谢你，一直陪我看那些让你昏昏欲睡的话剧和震耳欲聋的演唱会，还养了那么多五彩斑斓的毛绒玩具。其实你不用那么辛苦的。因为无论你是怎样的人，我都爱你。

妈妈，别再熬夜了，也不要那么忙。请为我保重身体。因为我无法想象，当我看见更美的风景，却不能携你同行，将会是怎样失落的心情。

妈妈，很多时候，我以为自己已经走得很远了。一回头，你还在身后。

妈妈，我要做一个有肩膀的姑娘，不害怕担当。请让我陪你，把未来的路越走越长。

对你，甚至无须说那一句“我爱你”，因为你就是我，我就是你。我们血脉相依，无从分离。

2011年5月18日

姥姥七年祭

三天的假期到头。清明于我而言，是一个沉重的节日。尽管天朗气清，惠风和畅，尽管和一群人浩浩荡荡地出游了一回，然而心里总牵挂着点什么。今晚，手指在键盘上翻飞，写下一封不可能寄出的信，给生命中最爱的人。她陪伴我长大，我却给她的太少。

七年了，姥姥。这些年我去了很多新的地方，广州、上海、蒙古、苏州、乌镇、杭州、西安、云南、日本……我看到了更明丽的花，更巍峨的塔，更流光溢彩的高楼大厦，更恬淡平静的流水人家……但我的心情永远只是走马观花。前不久重返故乡，当我根据熟悉的地标左拐右绕，艰难地定位，终于看到在故居旧址上拔地而起的、崭新的家属楼时，不禁红了眼眶。这里是我生命最初的避风港，万家灯火辉煌，究竟有哪一扇窗还为我而亮?

七年了，姥姥。你的遗像一直摆在我的琴架上，周围布满了纤细柔软的叶脉花、色彩斑斓的塑料花，还有每年从庙会上抱回来的棉布花。希望你爱这片花的海洋，和我一直没有长进的琴艺。我没事就喜欢看看你的这张照片，它是姥爷从我们的合影上截取的。当时，年幼的我百般哭闹，坚决不肯拍这一张照，你的眼睛有点焦虑地凝视远方，嘴角却带着一抹宽容的笑。我终于明白，一向乖巧温顺的我那天为何这样反常，因为那是你的遗像，姥姥。

七年了，姥姥。我依然保留着那些我回京上学后，你从老家寄来的书信。你在上面分门别类地为我讲解奥数题，还经常留几道课后练习；你教我怎样在作文中写好比喻句，并举例“冬瓜穿绿袍，茄子披紫衣”；你在贺年卡上画一个扛着包袱的小老太太，用来表达急于来京看我的心情。你的最后一封信，是我“小升初”考试前寄来的。厚厚的一沓稿纸，你亲自写的十篇考场例文。封面上写着：“信是姥姥带病写的，要珍惜。今日有礼，记在心中。考试成功。”几个月后，你走了。

七年了，姥姥。每当我心烦、倦怠，不想学习，都会想起你寄望于我的深厚情谊。你是我最早的启蒙老师，教我背会一整本小学课文。还四处收集烟盒包装纸，在背面为我制作一套又一套的拼音卡片，其精美程度堪比印刷品，在街坊邻里间广为流传。你对知识的热情，对教育的重视，为我的人生铺垫了最厚重的基石。现在我拿了国奖，四、六级都考了班里最好的分数，还参加了一些大大小小的竞赛。可是，听不到电话那端欣慰的笑声，再好的消息也失去了意义。

七年了，姥姥。我即将迈入二十岁的门槛，却不再是那个成天幻想着“一到法定婚龄就找个人去领证”的疯丫头。我发现欣赏一个人很容易，与人相爱却好难。除去灵魂上的共鸣，也许还要面对生活方式的重组。需要有多大的勇气，才敢说出那句“Yes，I do”？既然我不知道，你也无法给我答案，那就等七年之后，再来向你汇报吧。或许那时我已为人妻、为人母，小日子过得温暖又贤淑。或许还没把握到合适的人，依然疲于奔波在相亲的路途。相信到那时，我一定对爱情有了新的体悟。

七年了，姥姥。在没有你的世界里，我已经走过了七番冬雷夏雨，春华秋实。还记得小时候，你教我唱的第一首童谣：“小燕子，穿花衣，年年春天来这里……”当时，我站在床头，边唱边跳着你自编的舞蹈，整个世界在我的眼中分外妖娆。现在春天到了，窗外的枯树枝上长满嫩绿的新芽，燕子又回来了，你在哪里？

七年了，姥姥。曾经痛彻心扉的别离，已渐渐成为一种遥远而模糊的怅惘，一种亲切又温暖的怀想。我相信你从不曾真正离开，因为一个有你的春天，已经在我的心底绿遍天涯。所以我要微笑着演出，人生中艰难的每一幕。何当重相见，尊酒慰离颜。

我知道，你看着我呢，姥姥。

2011年4月6日

绿萝石

听说有一种叫做绿萝的植物，当它根枯叶焦时，无论灿烂的阳光还是充足的氧气对于它都无济于事。只有放一把石子下去，让它紧紧地缠绕其上，牢牢扎根，才能恢复绿油油的生机。

心里微微一动，为了那绿萝对石生死相依的寄托。我想每个人生命之中都会出现这样的一个角色，他是我们立足于世的基石，他为我们提供维系生命所需的重要能量。我给这样的人取了一个好听的名字：绿萝石。

于我，这颗石是妈妈。

这颗石并不那么坚强厚实，却乐意为我倾其所有。

记得妈妈说，我刚出生时，她的奶水并不多。为了不让我挨饿，她强迫自己每天吃下十个鸡蛋来补充营养，常常噎得嗓子发紧。妈妈似乎永远担心我吃得不好，我上高中的时候，不管白天多忙多累，她每天晚饭后都要走很远的路去买一种我喜欢的面包，让我第二天带到学校吃。

这颗石本也可以珠光宝气，却宁愿为我变得平凡。

我以为妈妈是生性不愿到外面的世界去闯荡，却在一次与爸爸的闲谈中偶然得知，妈妈为了照顾从老家回到北京上小学的我，考虑再三，还是放弃了去英国读博士的机会；我以为妈妈一定能在无休止的家务活中自得其乐，因此才会再三拒绝我插手帮忙，却在一次整理抽屉时无意发现，妈妈已经长了七个瘤子，诊断书上写着应该多加休息。

这颗石与我生死相依，不弃不离。

记得小时候在老家，妈妈工作忙难得回去一次，很快又要离开。我偷偷拿了妈妈的一件衣服，睡觉时也抱在怀里，这样就能时常感受到妈妈在身边的气息了。大人们发现了，都心酸得几欲落泪。上小学的时候，每天放学回家，我都要趴在窗口，远远盯着妈妈单位的方向，直到看见妈妈出现，才安心地离开窗口。

渐渐地我长大了，不再像年幼时那样深深依赖着妈妈，妈妈却变成了那个为我焦急守候的人。有几次我因为有事晚回家，一时粗心忘了通知妈妈，她几乎问遍了我所有的同学。当我看到站在院门口四处张望的妈妈时，她还紧蹙双眉，眼里含着急切的泪。这一幕深深地烙印在我的心里，每次想起都懊悔不已。

这颗石被岁月腐蚀，已经失去了原有的光泽。

多年以来都无从解说我和妈妈之间的关系，今日终于找到一个恰切的比喻。绿萝从石子中获取生命的养分和坚实的依托，石子因绿萝的缠绕而变得黯淡，乃至失去自我。而它们却因这一世的相依而紧密联系，如唇齿不能分离。绿萝石，石绿萝。

而我也终于为那一奇怪的现象找到了答案：为什么绿萝只要深深地扎根于石中，便可由之前的根枯叶焦，奇迹般地恢复了枝繁叶茂？

——它想让紧紧缠绕着的石头感到骄傲。

2009年5月6日

寻找

记得小时候，我最爱玩的是捉迷藏的游戏。每次不开心的时候，爸妈就会哄我玩捉迷藏。他俩每次总是傻傻地站在落地窗帘后面，等着被我一下子揪出来。我却总能在狭小的家里为自己找到千奇百怪的容身之地，直到他们无奈地投降认输。这小小的胜利常常让我十分满足。

时光就在这样的躲躲藏藏中魔法般地过去了。我长大了，父母却一直没有停止寻找我的游戏。在他们眼里，我还是那个需要被人保护的小孩子。

记得在一次期末考试前，我被理科班的同学拉去给他们辅导政治，忙中忘了通知爸妈，直到晚上十点多才回家。下车后，远远地就看到院门口的路灯下，有两个熟悉的身影在徘徊。是爸妈。爸爸生气地冲过来抓住我，问："你上哪儿去了？"妈妈扭过头去不看我，可我看到，妈妈哭了。后来，我才知道，那天他们给我班里的很多同学打了电话，一遍遍追问我的行踪；他们假设了种种不幸的可能，晚饭也没有吃。

这件事在我心里留下了很深的印记，每每想起总是懊悔不已。我恨自己的疏忽大意，让两个劳累了一天的人，还要焦急地站在黑夜的风里。

其实一直以来，我们和父母都在玩着类似于捉迷藏的游戏。他们总是固守在同样的地方，带着最平常的表情，等待我们去寻找。他们总爱假装认输，然后坦诚地付出心中全部的牵挂和照顾。但不知为何，我们却总是千方百计地掩藏，不给他们看到自己的内心。面对他们的，或许只有浮躁的表面和似乎永远难以启齿的感恩。

而世上没有可以永远进行下去的童年和游戏。父母也将很快老去。我甚至想过如果有一天失去了他们，我会不会也像曾经找我的他们一样，焦急地想要寻他们回来？那将会是怎样的心情？一定会有难以名状的怀念和失落吧。

于是在今天，在即将迈入成人门槛前的一刹那，有一个小小的决心：要将这游戏悄悄地改换一下规则。要努力承担起更多的责任，也学着在意他们的感受与心情。

——要尽自己所能，成为全天下最好的儿女。让他们在茫茫人海中，不必费力地寻找，一眼就微笑着得意地认出我们来。让他们在这心甘情愿地输了十八年的游戏里面，开开心心地做一回大赢家。

2010 年 10 月 4 日

背后

记得地理老师曾经说起过，月亮总在与地球同步地变换着角度转动，一千年，一万年。令地球上的人，一生也看不到它的另一面。

——题记

傍晚的月亮，又大又圆。这就是老师说的每月只有两三天的满月了吧。我在月下静静地走着。月光漂亮，却很清凉。激烈的场景一遍遍重温在脑海。躁动的心渐渐平息下来，挥之不去的，却是一抹难言的苦涩。

“嘭！”我用力地撞上门，头也不回地冲下楼去，留给妈妈一个孤傲的背影。为什么我一定要穿上那件又粗又笨的毛衣，为什么我就不能有自己的意愿和空间？我委屈得强忍住泪水。

不知道为什么，最近总和妈妈有大大小小的争吵。我也不再和小时候一样，把她当作心目中唯一的神。我烦她细微的过问着我生活中的每一件琐事，就像背后一个总是挥之不去的影子。

“妈，你冷不冷？”一个清脆而稚嫩的童音猛然闯来，打断了我纷乱的思绪。抬眼望去，迎面走来一个跌跌撞撞的女孩，也就只有五六岁的样子。在她背后，一个年轻的母亲温柔地微笑着，将自己的外套迅速地脱下来披给她，“我不冷啊，你暖和了，妈就暖和了……”

我呆呆地望着她们幸福的背影渐渐远走，心底涌动起一股莫名的，柔软的光。曾几何时，我也拥有过相似的幸福？

……

记得小学时的冬天。上完英语班已经很晚，天上挂起一轮明黄的月亮。

深冬的风，清凛得刺骨。为了让我早些到家，妈妈执意要在雪未化开的路面上骑车走。还把唯一的手套，摘下来给我。或许是太冷的缘故吧，下坡的时候，车子颤抖着撞向路边的灌木丛。妈妈从地上艰难地爬起来奔向我，声音因为惊恐而显得有些变调："文文，你没事吧，摔到哪儿了，妈妈对不起你……"

在确认我没事后，才推起车缓缓地向前走。清澄的月光淘洗净所有阴暗的背影，我们依旧有说有笑着。我太幸福了，以至于没有看到妈妈冻红的手背上，还渗着殷殷的血迹……

走在柔和的月光下，仿佛又看到了妈妈闪着疼切的爱意的眼睛，往事清晰如昨天。

想着妈妈为了我一次次奋不顾身的时刻，坚定明亮就像深夜天空上唯一霸道的月亮；想着她为我煮牛奶洗衣服时心甘情愿的幸福模样，闪着月亮般清定温柔的光芒；想着自己脾气不好时对她无理的冲撞，她也只是泛出隐忍的泪光，一个人默默地舔平心底涌动的伤。

曾经以为所有母亲的爱都像是天上那火热的太阳，平实朴白，不需要倾注任何感情就能读懂；现在才越来越觉得，它其实更像月亮，温和而满载深情。

忽然想起姥姥在世时曾对我说起过，妈妈悄悄地保留了我从小到大所有的毛衣。理由是：文文笨，不会织毛衣。等她长大结婚了，可以留给她的孩子穿。

好傻！

我忍不住泪雨滂沱。

想着这就是妈妈吧，总是牵挂着孩子生命中的每一个细节，保卫着他们不受一毫冰冷的伤害。可是妈妈你知不知道，你的爱，便是唯一可以穿透我生命的温暖。

记得地理老师曾经说起过，月亮总在与地球同步地变换着角度转动，一千年，一万年。令地球上的人，一生也看不到它的另一面。但我想我总会变得聪明一点，像阿波罗登月一样登上妈妈的心，让她剩下的生命里所有清苦的时光，都因我的热情而闪出幸福的光亮。

前面的路上，一个熟悉的背影匆匆地走着，因着焦虑而显得略微的摇晃。是妈妈！“妈——”我大叫着冲了过去。她的手里拎着一只大大的纸袋子。我快速地抢在手里。

“哎，——是你啊！”那一刻，妈妈疲倦的脸上写满歉疚的惊喜。“你不是嫌那件毛衣笨嘛，我就又去给你买了一件，乳白的，喜欢吧？”说着话时，竟是孩童一样骄傲而又期待的神情。

“妈，你冷不冷？”不知怎么了，我突然很想问这句话。

“恩？我不冷，你暖和，妈就暖和了。”

我愣了一下，忽然发觉天下的母亲真的都是相似的。

相似的母亲，铸就了同样温暖的幸福。

“哎，那个包那么沉，不用你拎的，你给我回来！”我在前面大步地走着，妈妈在背后焦急地叫着。

慈母在后，我将永不能止息。

2010年7月18日

八月的桂花

这是一个很好的傍晚
有风 有蝉 有红霞

透过窗外高楼大厦
我依稀看到
我童年的小院
和院里 八月的桂花

那真是一幅温暖的油画
有山 有树 有人家
绕着屋外
静静的一道篱笆

那里有棵老树 叫桂花
是我爷爷的爷爷亲手栽下

我常在这树下

玩着热闹的过家家
听大嫂们 有扯不完的闲话
看大伯们的棋艺 总是不分高下

还记得那个清凉的夏
我就坐在这树下
听一遍遍 老掉牙的神话

月宫里是不是很冷啊
嫦娥也会想家吗
每当她看到身旁
那唯一的月桂花

奶奶总是笑而不答
怀里的蒲扇
哗 哗哗

爷爷总爱在这树下
亮一嗓悠长的沙哑
八月桂花遍地开
鲜红的旗帜竖呀竖起来

风里枝条便摇摆
轻轻合着他的节拍
嗒 嗒嗒

儿时最盼秋风刮
吹来清香满枝椏

一树白花高高挂
哥哥拉我向上爬
来啊不要怕
再努力 你就快要够到它

串串桂花发间插
是谁在风里 笑声无瑕
哈 哈哈

树下 站着归来的爸爸妈妈
到远方的城市去吧
那里才真正是花的天下
这是老树留给我唯一的话

随风轻舞的桂花
散落一地的牵挂
啪 啪啪

嗅过满园香花 路过雨打风刮
而今我也终于长大 长大

偶尔我也会想起
我的童年 我的桂花

和树干上那条
从容的老伤疤

特别是在 这样的夜里
有月 有雨 和淋湿了的自己

我已许久不见那桂花
不知它是否 还像当年的英姿飒飒
我常梦见
它枝头甜美的白花 在岁月的那头喧哗

亲爱的老树啊你还好吗
我常听见 那风里的树声沙沙
好像你在笑着骂
还不回家 还不回家

走过一路坑坑洼洼
这小小的桂花
是我心中唯一的奇葩

寂寞的老树啊
你还在朝着我的去路张望吗
我还爱着 你八月的桂花
我还相信 那美好的童话
我还在等
有一个人 会像当年的他

笑着牵我的手儿 回家

回去你身旁啊 我的桂花
我还可以大笑着在小院里奔跑吗
那些天真的勇敢啊
是我一生最难忘的画

画里八月有桂花
秋来满枝椏
那里是我唯一的家
我将永不离开它

等那来年秋风刮
梦里依旧 香桂花

2008 年 10 月 5 日

有一个天使

——献给 2008 年 10 月 23 日，母亲的第四十五个生日

妈妈曾给我讲过一个好听的故事
在我童年时
她说洁白的云端住着天使
她们的笑温暖如春日 她们的爱澄明无私

我总渴盼见到这样的天使
我相信她会为我带来幸福的日子
妈妈说她会不期而至
当有一天 我真正懂事

时光就这样平淡而逝
妈也很久没为我微笑着讲她的故事
她老了
发间不再是浓密的青丝 体检时查出身上的七个瘤子

忽然间我想到
曾经 我有一个天使——

我有一个天使
她心甘情愿地担起所有繁杂的家务事
清晨起床煮奶煎蛋
夜深还在埋头洗袜子

我有一个天使
她总爱把鲜汤鱼肉让给我吃
自己仿佛永远不渴不饿不挑食

我有一个天使
尽管如此我还常常与她无理地争执
而她总能轻易地包容我所有的无知

我有一个天使
她曾甘愿为我放弃去英国读博士
还笑说是永不后悔的事

我有一个天使
她偷偷藏起了自己那身华丽的羽衣
只因她已不忍飞去
或许那黯淡的粗布衣 在她眼里是一片更为广阔的天地

妈妈 今日我终于看到了天使

她却已全然不是从前那翩飞的样子
究竟是漫长的岁月还是我的不懂事
僵化了她的双翅

今天是你的节日 我的天使
但愿这祝福不会来得太迟

太多的往事挤不进这首平静的小诗
有一件最让我骄傲的事：
下辈子——让我来当你的天使

2008 年 5 月 8 日 母亲节

那片天空

——致姥姥

童年的夜晚
好故事轻摇出你的蒲扇
天上的星星也挤来听
一闪一闪亮晶晶
颗颗都是你爱笑的眼睛

离别的石头小径
铺得满满的是你的叮咛
你要我做那展翅的燕 腾飞的鹰
可是姥姥呵 我却如何能
飞出你视线所牵的 那一方天空

都市的天总是灰暗的
什么时候我也悄悄长大了
不知所措的选择

难以言说的苦涩

累了的时候抬头看天
我知道 你的心
就像那朵朵白云一样纯白安静
我想起 你说过
暴雨过后 天会晴

是谁说岁月总无情
是谁害你 染上重重的病
我将忧伤的问候 系进风中的铃
擦肩夜晚的每一颗星星
跨越雄鹰盘旋的每一道山岭
姥姥呵 我含泪的心情 你可曾听清

你走的那天 老天阴沉着歉疚的脸
阴雨连绵 下不停
姥姥呵 请安心地闭上你期待的眼睛
看善良的云朵 也为你哭泣送行

姥姥——
现在我每晚
都在夜幕中找一颗会笑的星星
它像你的眼睛 闪动希冀 和柔情

现在我每夜

都在梦里踏回千遍你嘱托过我的小径
姥姥你看到了吗
现在我已经可以 微笑着穿越泥泞

而今 爱已成鹰 爱已成鹰
它正在春天里 做勇敢的试飞行
再累也不会停
因为姥姥 你便是我要寻的
那片最美的天边风景

你是阳光祝福过的生命
给我温暖 和蓬勃的激情
你是一整个蓝天的干净
赐我幸福 和永恒的安宁

2007 年 4 月 5 日于清明

演讲与写作

隐形的翅膀

——写给 2009 届北邮本科毕业生

我想迎合今年北京市高考作文的题目，送一双隐形的翅膀给你们，仅以此为你们献上最后的礼物。

我愿送你们一双隐形的翅膀，让这翅膀牵引着你们，去追逐悄然流逝的韶光，去追赶心中的太阳。因为你们手上正握有的青春，是生命中最为宝贵，也最为来去匆匆的一段时光。“青史几番春梦，黄泉多少奇才”，那是因为等候起步的时间越长，就越不可能找到属于你自己的路。“不消计较与安排，领取而今现在”，将满腔的热情与饱满的精力，尽快投入你们全心热爱的梦想吧，你们一定会赢得无悔的青春。

我愿送你们一双隐形的翅膀，因为我相信你们的不同凡响。经过这四年寒窗苦读的岁月，你们进一步丰实了用现代科学文化知识武装的头脑，锤炼了古老中华文明熔铸的灵魂。你们注定比许多同龄人拥有飞得更高的资本。请你们记得，做一个北邮毕业生，就是要做一个高尚的人，做一名杰出的中国人。过去的半个世纪里，无数的精英怀着振兴中华的壮志，从这里走出；而今天的你们，不仅要用这一纸学历去追寻优职高薪的前景，更要勇于承担革新与自强的责任，用你们的翅膀，带动华夏巨龙的腾飞！

我愿送你们一双隐形的翅膀，希望它能带你们无所止息地飞向前方，而不会在到达目的地后，便被你们迫不及待地丢在一旁。未来你们可能会身处一个相对稳定优越的环境，但须知，追求卓越的人是永不会停下自己的脚步的。因为时代的心跳无疑在强烈地昭示着，学习，已经不仅仅是获得知识的一个动作，它更像是与生存息息相关的一种状态。不愿终身学习的人，就随时面临着被抛出这个飞速运转的社会的危险。

我愿送你们一双隐形的翅膀，这翅膀要如高尔基笔下的海燕的翅膀那般厚实，坚强。毕业之际，也许你们会因为席卷全球的经济危机而抱怨时运不济，也许你们已初尝社会的艰险与生存的压力，希望这双翅膀能带给你初生牛犊不怕虎的勇气，无畏无惧地面对人生的暴风骤雨！成长不需要温床，走入社会就意味着要对压力和苦难有所担当。因而即使在乌云压城的时刻，也请你们展开双翅，像强壮的海燕一般呼喊："让暴风雨来得更猛烈些吧！"

我愿送你们一双隐形的翅膀，是因为我想要你们都成为圣洁美好的天使，去找寻生命中真正的天堂。这四年来，学校教你们以知识，但最重要的东西不在书本上，而在你们的头脑和心灵里。"粗缯大布裹生涯，腹有诗书气自华。"漫漫长路充满未知，希望今后的你们能够坦荡面对人生境遇的沉浮，在或朴素或光鲜的生活里，始终保有一颗仁厚、平静、勇敢、率真的心。学会热爱和享受生活，不要以工作代替了生活，更不要在追名逐利间迷失了自我。

或许这几句嘱托太过抽象，因而它是"隐形"的；又或许大爱从来都是寓于无形之中。当你们犹疑彷徨，或疲惫失望时想一想这一双隐形的翅膀，就好像我们还陪伴在你们的身旁。衷心祝愿你们有朝一日越飞越远，越飞越高，终于能够"一览众山小"，领略到神清气爽、天地无碍的大方。希望有朝一日你们回到母校，不会因碌碌无为、虚度年华而悔恨，也能够为学弟学妹带来榜样的力量。

腾飞吧。祝福你们！

2009年6月20日

温一壶月光

昨天晚上睡觉前去关窗户，惊觉月色明亮得出奇。想起李白跌宕的一生，和他诗句中那豪放的月光。心里涌动起一股共鸣的欢畅。忽然也很想掬一捧如水的月光，放到我的茶壶里慢慢加热。相信这也会像我走过的生活一样吧，有一分钟苦涩的微凉，两分钟幸福的光亮。坚持到的第三分钟，一定会是经久不散的芳香。是的，我想要，温一壶月光。苦涩中透着微微的凉。为着心中一直深藏着的梦想，为着炎黄子孙共同期待的国泰民康，柔软的翅膀肩负了太沉的重量。也因为此而不放弃任何可能的机会，不犹豫一切可做的努力。

一直觉得不应该在年轻的时候占有太多的宽恕与闲情，否则会让惰性牢牢地掌控住自己。会明白"高处不胜寒"，但更欣赏"一览众山小"的无畏与豪情。也感叹过自己刹那间的虚弱与无力，但相信这一切都是成长必经的过程。也相信经过月光清凛的洗礼，我们总会慢慢学着坚强和独立。挥汗如雨，笑着穿越生命里每一个寒冷的冬季。我们要做的，只是向前，向前，永不停息。

我想要，温一壶月光。柔美中闪着幸福的光亮。感谢父母为我们缔造家这样贴心的殿堂，在寂寞空虚时沉沉地坠在我们的心上。感谢恩师在黑暗中赐予的方向，它对我们的影响总是难以估量。感谢身边朋友们忠实的陪伴，令我在失意时也能感到热热闹闹的温暖。回首走过的路，很庆幸属于我的爱坚实如永恒的月亮。也如同我们都知道的那样，月亮是由于反射过太阳的光芒来证明自己的存在。所以,也希望我们每个人能拿出更多的爱来把彼此照亮,令我们的记忆里,开满盛放的月光。

我想要,温一壶月光。恬淡中独享宁静的安详。繁乱匆忙的生活中,你是否还保有一份“窗前明月光”的从容?怀念着年少时的纯真,你是否还能微笑着善待那些伤害过你的人?长长的旅途写满艰辛,你是否还能笑对遗憾的乌云?嘈杂的世界布满浮尘,你是否还有勇气让心灵倾听最真的声音?何妨,开一扇窗给月光,让它将杯中炫丽的苦酒也洗涤得清爽、明亮?

我想要,温一壶月光。沉淀上弥散优雅的芳香。曾经自己每每听到智者的演说,总觉得有一股清新隽永,淡定从容的气质从他们的身上缓缓地散发出来。相信经过艰难的选择与疼痛的成长,我们也都会闪耀出如智者般熠熠的光亮。肩并肩昂首走上月光遍布的荆棘路,幸福是永远的方向。青春的梦想逆风飞扬,请让我们做时代的骄子,未来的栋梁!相信到那时再微笑着回望来时的路,定会是神清气爽,天地无碍的大方。

而我只要,一壶,一壶月光。

2006 年 11 月 22 日

一路风尘，一路歌

我是个爱书的人，总觉得读各样的书，好像在做一次次风尘仆仆的长途旅行，沾染一身的沧桑，会悟一路的风情。而三毛的文章，大概称得上这一路上最温暖人心的风景。

常常会觉得，我在路上。朝阳抚过微笑的脸庞，对前方美景的向往，涌动起心里希望的歌唱。记得小时候读三毛，只是被她笔下浓浓的异国情调，和字里行间的爱心深深地打动着。觉着读书竟是这样美好的一件事情，可以与作者飘渺的灵魂完成一次次动听的对话。想像自己也像挚爱的三毛一样，坐在白色的沙漠里轻轻微笑，对不相识的路人打友好的招呼，或者用昂贵的造价，亲手为自己打造一幢粗糙的木头屋。那份对生活满怀喜悦和热爱的心情，在三毛清越的文字下，透着一股感人的力量。而书本赋予我们这样沟通的能力，又是多么值得感激。

我在路上。走过一段流光溢彩的旅程，遇到过一些温暖的人。再读三毛，又从里面品出了不一样的味道。看她演绎一个女性多愁善感的深情。有执著的爱恋，有亲切的笑脸，还有那么一些人，永远来不及说再见。哭过，笑过，叹惜过，才发现这个低吟浅唱着岁月之歌的三毛，曾经怎样丰富了我们成长的心情。才了解我们手中应紧握的，原是那一捧笑对缺憾的，云淡风轻。

我在路上。也有过疼痛的小伤，也会偶尔辨不清生活的方向。这时候常浮现在我眼前的，却是那个振奋、明朗与热情的三毛。看到回国的她有充实的生活，教书、演讲、座谈会，以及一刻不停地回着读者的来信。温和的博爱，灵动的生气，还有工作起来不顾性命的激情。是手头最擅长的事业给了她无穷神秘的力量。或许是受了她的感染，在人生小小的分岔路前，我也开始学会了坚定。因为终于明白，能够挖尽自己的潜能，去追寻心底所热爱的事业，将会是多么令人满足，而又不觉疲惫的一件事情。

我在路上。遇见一朵灵秀而倔强的小花。像极了小时候的三毛，把大量浪漫优雅的书籍，当做成长的能量用心汲取。因而她也终于能在为她提供的空间里一点点绽开，有了属于自己的美丽和香气。也真心地希望，我们每个人都能像她一样，有笃定的志向和风雨无阻的顽强，在漫漫的生活长路上，奏出响亮的华彩乐章。

我在路上。因为历尽沧桑而笑得安详。我们都知道的三毛，是个有着特立独行人格气质的精灵，但更像个平凡普通的邻家女子，就像大毛二毛谁家都可以有一样。她一直追求着的从容心境，诠释了她的名字，也浸润了她的生命。或许从她三岁时，看到张乐平那著名的漫画起，就注定了她那永远流浪，却又笑着坚强的一生。而在快乐沧桑的生活状态下，她要传达给我们的，或许还有穷尽一生才能领会的深意。

我在路上。遥远的地平线上挂起一抹如血的残阳。是看到过有人对“三毛式的伪善”不以为然，认为她过分追求生活的戏剧化，浪漫得不切实际。甚至有人评价说，她生命最后一刻那悲情的自缢，也是为了给跌宕的一生，添上一个传奇的结局。但我却一直觉得，平淡安稳的日子其实并没有太多值得称道的地方。倒是像三毛一样，用力地活着，用心地爱着，哪怕就是做一种美丽的秀，能在生活的舞台上，尽展自己的独特风采，也会赢得无数真诚的喝彩吧。

我还在路上。且让三毛陪伴我们的生活之旅吧！有了她，再长的旅途也不会感到寂寞；有了她，纵使一路风尘，也能，一路欢歌。

2006年12月1日

迷彩华章

在这暮春与初夏的接驳之季，我们来到柳絮轻舞、黄沙飞扬的这里，接受一番成长的洗礼。与此同时，文体宣小组的全体成员也在团部办公室里开始了一段别样的生活。这里没有大多数人想象的安适与清凉，更多的是紧张的任务与四脚朝天的奔忙。

这里，是战场之外的战场。

我们未曾直面训练场上的烈日黄沙、苦汗淋漓，却同样艰难地奋战在另一片天地。

我们每日在各连上交的逾千张照片中找寻精彩的瞬间，每日在数百篇来稿中选其精华，逐字录入并审改。而摄影记者们则马不停蹄地奔波在军训基地的各个角落。

我们未曾在队列中比肩战斗，却也形成了深厚的战友情谊。每个上午当我们为亟待录入的数目庞杂的各连稿件急得焦头烂额时，美编、记者乃至文体组的各位同学总是及时来到我身旁，带着笑脸伸出援手；而每当文体组有活动需要布置会场、搬运杂物时，大家也都乐得参与其中，跑前跑后，忙得不亦乐乎。

十三天，是办公室里一个个日渐熟悉的名字，和一张张日益温暖的脸。文体宣小组的全体成员，没有最后沙场点兵时的戎装铁骨、神采飞扬，但我们同样为着一个目标而悉心奋斗。那就是用精美的图片和丰实的文字，为同学们记录下这份弥足珍贵的经历。

《迷彩华章》草创至今，一路走来的种种不易，几多欢喜，都在这三本淡绿色的册子上一一汇聚。要感谢的是同学们在严苦的训练生活之余，争分夺秒创作的稿件。那些或朴实或激昂的文字，常令阅稿的我们感同身受，不胜唏嘘。而那些在尘沙飞扬的训练场或值夜的走廊谱写的篇章，更让我们感到稿件背后这份责任的沉甸甸。在此要特别告诉大家，我们每日经遴选而录入的优秀稿件数目，要远多于在快报上发表的这些。它们大都展示在北邮军训网站上，留待大家返校后细细回味。

且将这一路苦乐交织的军旅，浓缩成几册淡绿色的回忆。带着一身护国安邦的意气，与风雨无惧的锐气，走下去。前路多崎岖，诸君且努力。

2010 年 5 月 13 日

ICE 梦境体验

ICE 梦境体验项目，以网络平台为载体，以高科技手段为支撑，以专业的影视制作团队为保证，为用客户打造渐次递进的三层“梦境”，使客户能够轻易实现自己关于这个世界的各种想象。在打造这样一个专业的造梦团队之前，我们心中也充盈着许多不能释怀的梦想。

我有一个梦想，我梦想让更多的高科技手段闪耀出人性的光辉。我梦想能够开启一种新的创业模式，使用户逐渐从体验设计，演变为设计体验。我们将提供一种渠道，使之更能满足个体的需要。

我有一个梦想，我梦想能够搭建一个富有活力的平台，使得略显高深的科技走入寻常百姓家。我梦想有一天，我八十岁的爷爷能为七十岁的奶奶，亲自设计一部由照片、视频合成的短片，用以纪念他们风风雨雨的金婚之路。

我有一个梦想，我梦想广大面临就业难题的大学生不必到乡村去，到美国去。他们即使足不出户，也能以我们的创意团队为依托，以电子商务为平台，用手中掌握的技术，满足客户日益丰富的个性需求，同时也为自己赢得一个理想的未来。

我有一个梦想，我梦想我们的团队能将国内新兴的影视制作力量集结起来，打造一个土生土长、创意迭出的制作班底，顺应时代的潮流，为丰富大众的精神文化生活，保卫和发扬我们的本土文化贡献一份绵薄之力。

我有一个梦想，我梦想拆掉头脑中的围墙，让人们在广袤的土地上，展开尽情的想象；我有一个梦想，我梦想像所有夸父追日般的年轻人一样，在时代的洪流中，上演各自的华丽和悲壮；我有一个梦想，我梦想与我比肩作战的同伴一道，将收获的快乐书写得源远流长。

2010 年 11 月

北邮人论坛“北京四合院”版主申请

小女子游走京城二十载，进驻北邮二春秋，混迹论坛二月余。虽无王者大将之风范，尚有活泼热烈之性情。虽无一技之长，尚且好学而敏行。虽资历浅薄，亦可谓年富力强，来日方长。今奉友人之慰勉，愿承前辈之重担，尽版主之职劳，促京版之欣荣。

若能得偿所愿，必将以勤恳之心，操持四合院内杂务。定期清水，如若洒扫庭除；调解争端，增进邻里和睦。以历朝古都之大气包容，营造自由温馨之版风。可高谈阔论、各抒己见；可呼朋引伴、相与周游；可嘘寒问暖，言笑调侃。一任院门开，喜迎八方人。把酒言欢，共叙同乡之情；或以热茶相敬，温暖他乡之客。

2011 年 6 月 1 日

关于作文写作

×××：

您好！

一直说要给您女儿辅导作文，但由于种种原因没有去成，总觉得有些抱歉。这两天，我写了一篇关于初中作文技巧的文章，希望您的女儿有空时读一读。

我挑选出了一些适合您女儿阅读的文章（与上次发给您的那几篇不同），它们多是我高中阶段受到老师肯定、并且印发给全班同学的考场作文。我以它们为例，再根据自己这些年写作的经验，整理出了一些常用的写作套路。

其中很多技巧在当初写文章时也没有刻意地想过，只是出于一种自然的直觉。现在，我尽量还原当时的心理过程，把它们用直白的语言详尽地表述出来，希望能对您女儿的作文有所帮助和借鉴。

1. 选择一个合适的意象

比如某种物品，用它来暗喻你想要表达的思想感情就会有“表象”与“暗喻”的层次，使文章好似一处曲径通幽的风景，读者要靠自己的想象力去探索、去理解、去感悟，比平铺直叙的文章要有意思得多。而借用一个栩栩如生、特征鲜明的物品，来象征你所要表达的事物，就好比已经架构好了文章的骨骼，只需填入内容，便可形成一篇有血有肉的文章。这也降低了论述的难度，对于初中生尤其有用。或者选用一个恰当的线索，让它贯穿全文，起到使文章浑然一体的作用。也就是常说的谋篇布局。

结合我的文章来说，在那篇《橘子花》中，从花到果实的蜕变，表现了不畏艰难的成长过程。这与文章的主题“战胜高三生活的压力”不谋而合。“橘子”这个事物本身，是一个酸中带甜的水果，它象征了生活中酸涩与甜美并存的本质，使人挣扎中可以看到希望，点亮了全文的基调。

此外，本文中的配角——“姥爷”这个角色，也借“橘子”得以出场。姥爷追出家门，送橘子给我吃。这能不露痕迹地展现亲人对于我的关爱，而不会显得唐突生硬，仿佛特意安排这样的情节似的。

以上可以看出，“橘子”这个意象的引用，平添了文章的诗意，使原本平淡无奇的内容，变得有话可写，有情可抒。

类似地，在另一篇《金色的梦想》中，“太阳”担任了这个意象。文章的前半部分，着力于描写我消极、逃避的人生态度，为后面的转折埋下伏笔。花店老板对我说“你笑起来也会像花儿一样”，这句话是全文的关键。我一直在寻找的、那个可以点亮我生活的理想，不在别处，正在自己的心中。只有乐观地笑对生活，才能真正走出黑暗。这与文章开头提到的《小王子》通过看日出来调剂心情，有异曲同工之妙。至此，“我的微笑——太阳花——乐观的生活态度”三者合而为一，指向共同的主题。

从情感方面来体会，日出、太阳花、金色的梦想，都给人以温暖、积极、昂扬向上的感觉。“太阳”这个意象的运用，有力地加强了文章的感情色彩。

最后，那篇《绿萝石》的思路也是类似的。用绿萝与石的紧密相依，来形容我与母亲的关系。石对绿萝的无私奉献，绿萝为石而努力成长。这一系列复杂的感情，全部以“绿萝石”为载体，使人感到逻辑清晰、杂而不乱。“绿萝石”的出现，使得文章在两条并行的线中展开：石与绿萝、母亲与我。这样一来，明显加深了文章的层次。而若只是日常事实的罗列、决心的表达，相比之下，则要显得苍白浅薄了。

2. 合理运用对比，制造一些矛盾冲突，来突显你要表达的主题

比如，当下流行的偶像剧、家庭伦理剧，那些落入俗套的情节之所以长盛不衰，就是因为人们喜欢狂风暴雨之后的风平浪静，唯有历经波折，才能感受到幸福的可贵。

应用到作文中，这也是一种很好用的艺术表现手法。特别是需要你论述一种观点时，单纯的"首先，其次，最后"这种论点加论据式文章，难免会使人感到千人一面。而两种矛盾的观点发出碰撞，更能让人明白好的之所以好，坏的又坏在何处。

例如，在我的文章《蝴蝶的歌谣》中，要对"女歌迷父亲跳海身亡事件"、"校园枪击案"、"黑熊硫酸事件"等展开讨论，但我并不是要上纲上线地把始作俑者批判一番了事。这里，我运用一个自然的过渡，把文章引向另外的情节——小女孩的父母外出钓鱼，她则选择独自留在家中，与蝴蝶嬉戏。鱼和蝴蝶都是有生命的东西，小女孩与其父母的作为，分别反映了两种对待生命的态度——是充满健康的爱意的呵护，还是为满足一己私欲而毫不吝惜地大肆屠戮？答案便昭然若揭了。

文章看似叙事的口吻，却通过对截然相反的两种生命观的描述，把想要表达的看法镶嵌其中了。每个人都有追求美的愿望，读者在这二选一中做出自己的选择，却没有被动接受说教的压抑感，这就是对比产生的力量了。

又比如，在《恋秋》当中，通过描写童年与现在的自己对秋天的不同感受，体现出自己心灵的成长。从前只感受到生机的消无，如今却能从中体会到一种蓄势待发的力量、一种坚实的内涵。这两种思想境界的对比，使得结尾处的信仰

"总会有一个梦,温暖一天天渐凉的秋风。我愿意等"更有说服力。也因为表现了这种坚强的来之不易,使文章更加感人至深。

在《不抱怨的生活》中,通过校区种种不利条件与我自得其乐的生活状态作对比,方显坦然、豁达的情怀,和朴实、进取的人生态度。在《寻找》中,通过"童年捉迷藏游戏中,父母故意认输让我轻易找到",与"长大后疏忽大意的我,急得父母四处寻找"作对比。两者的反差,使我的懊悔之情更加真切,报答之心也来得更加自然。

3. 细致入微地观察生活,从中汲取别出心裁的内容,作为文章的素材

《你好,旧时光》和《老地方》两篇文章,在构思上没有什么新巧的创意,旨在以情动人。我们每个人的生活经历都差不多,如何在相似的情境中,品读出不一样的味道?建议她多读一些像三毛、简祯、席慕容这样的台湾女作家的书。她们细腻的情思、雅致的生活情趣,都能给人带来一些启迪和感染。

4. 修炼自己的语言

初中阶段,大家对同一问题的认识水平可能都差不多。如何使自己的文章在考场作文中脱颖而出?清新的语言风格、流畅的表达、恰到好处的用词都能给你的文章增色不少。提高语言能力的最好途径,就是多阅读。博采众人之长,方成一家之言。

社科方面首先推荐刘瑜的书。《民主的细节》用生活化的语言,深入浅出地剖析了各种政治体制的利处和弊端,比较适合初中生更好地理解这个社会。她的散文集《送你一颗子弹》,语言生动、大气,是一本有趣的读物。

龙应台的《孩子,你慢慢来》、《野草集》、《目送》也是很有见地的作品,字里行间折射出浓浓的社会责任感和家庭责任感,值得一读。

历史方面,余秋雨的《寻觅中华》里,把大家考场作文中爱写的那些人物都做了很到位的剖析,读过之后再写起文章来,理解会深刻一些。

在青春文学方面，笛安的《西决》、《东霓》很不错，她驾驭文字的能力很强，内容也比较健康、阳光，可以用来学学遣词造句。

还有一些作家很不错，但他们的作品中也有一些消沉的东西。初中阶段的思想情感比较容易受到影响，课外读物的选择需要慎重。

以上就是我自己的一点所思所想，既不权威，也不专业，如果能对您女儿起到一点帮助和提示的作用，这几千字就算没有白写。

当然，中考作文时需注意揣摩阅卷老师想要看到的内容，同时不要落入俗套，恰到好处地展示自己掌握的知识和语言功底，就一定没问题了。若要提高语文成绩，前面的基础部分更重要。要有耐心，注意一点一滴的知识积累，多做练习。语文学习就是一件积水成流的事情。

祝好！

李雅文

2010年8月20日

关于《执著》作文

××××××：

您好！

假期我一直没有上邮箱，刚刚才看到您的邮件，抱歉！希望没有耽误您女儿的事情。

命题作文最重要的就是充分理解题目的内涵和意义。提到“执著”二字，我们脑海中难免会浮现某个人固执地坚持做某件事情，一条道走到黑的场景。这样的形象，基本没有什么美感可言，只会让人产生枯燥、厌烦的情绪，难怪您女儿会觉得没有什么可写。

接下来我们可以进一步探讨“执著”的意义。选几个具有代表性的人物：在生活的窘境中坚持绘画创作的梵高，或者在清净的庙宇中度日的北大才子柳智宇。他们的生活在常人看来是不堪忍受的，但一种执著推动他们走下去。他们在各自的旅途中获得了心灵的升华，找到了生命的意义，与之相比，肉体的痛苦便不算什么了。因而他们敢于执著，甘于执著。

叙事作文的要求，无非是完整地讲述一件自身的经历。在平凡的小事中体会到的“执著”的心情，也可以不落俗套。比如弹琴、画画，可以写从日复一日的枯燥练习中，突然有所领悟，使自己的灵魂在艺术的殿堂中得到慰藉，进而爱上原本枯燥的练习。这也正是“再坚持一下”的意义所在，因为多向前迈一步，就到达了更高的境界，那里有更美的风景。

进而我们就能把“执著”这一类似于苦行僧的行为，上升到了一种对于更高境界的不懈追求。一种不畏艰险勇于攀登的勇气，一种美好积极的生活态度。

在具体的写作技巧方面，要注意两点：一是要制造并强化文章的波折。“执著”的过程本就是艰苦的，从如何说服自己克服困难走下去，到突然间体会到执著的甜头，是一个一波三折的过程。把握好自己情感上的变化，可以加深文章的层次。二是在叙事的开头、中间、结尾处，最好能加入某种具有象征意义的事物，寄情于景、以物寓人，把自己想要表达的想法借助它物巧妙地展现出来，可以避免语言上的直白。

这是我一点简单的看法，一看到您的邮件就匆匆忙忙地回复了，有些说法可能还欠考虑。只是提供一种思路，希望能对您的女儿有帮助。

祝 安好

李雅文

2010 年 10 月 10 日

高中生活

橘子花

每天中午去姥爷家吃饭的路上，总忍不住在一个卖水果的小摊前驻足，午间的阳光将每一个水果都晒得亮堂堂的。掏一块钱，在摊主朴实的笑容中，买下两个大橘子，成为我这个冬日里最大的爱好。

记得半个月前，期中考试刚结束的时候，自己的情绪很是低落。一连几场考试莫名的失常发挥，彻底打消了我原本明亮的希望。想到未来，我只觉得慌张且压抑。那天晚饭时，我想自己的神色一定不好看，但是姥爷什么也没问。

去上晚自习的路上，姥爷追了出来，硬塞给我两个橘子，说："拿着，路上吃。"

那天天黑得很早，风好大。我剥了一瓣橘子放进嘴里，那上面还带着姥爷手上的余温。甜甜酸酸的味道，顿时在齿间氤氲开来，一如自己酸酸甜甜的心情。

刹那间，觉得自己竟被这平平常常的一只橘子感动了。我开始想，纵使只是要成为一只橘子，在它那鲜亮的外表下，又蕴含着多少不为人知的、曲折的成长故事呢？毕竟，"任何一个果实都曾经是花，但并不是所有的花都能成为果实。"

从那天起，每当我拿起一只橘子，就好像听到它在讲一个故事给我听。橘子的故事，陪伴我度过这日复一日的单调生活。

我听到它说，为了结出一个果实，它曾怎样残忍地撕掉自己如花的外衣；我听到它说，要有怎样向阳的定力，才能将昔日的风雨，结进丰实饱满的果肉里；我听到它说，百花绽放固然美丽，可既然来到了这世上，总要结个果实留下自己的痕迹。

日子在这可爱的故事中一天天明朗起来。我感到有一股神奇的力量，从曾经的平凡、失望中滋长出来。在每一个看书做题的晚自习，在每一次禁不住对自己产生怀疑时，都能感受到它在支撑着我，我叫它橘子的力量。

我想我在等待，在明年的某一天，能拥有一个属于自己的果实。我想它一定很像是橘子。酸甜的本质，深藏一个很不平常的故事。

又起风了。我站在窗口，熟练地剥开一只橘子，外皮顺势撕成花朵的形状。萦绕在指尖的，是它特有的清甜香气。外面的风景依旧冷清肃杀，我心底却忽然灿烂一片。

2008 年 11 月 10 日

金色的梦想

童年时，在自己最爱的画册《小王子》上读到过这样一段描写：小王子去一颗转速很快的星球上旅行，发现在这里一天可以看到几百次的日出日落。于是每次心情不好时，他就搬把椅子到这个星球上去，坐着看一会儿太阳。

当时的自己并不太懂这个故事背后的深意，却被这个浪漫的想法深深地打动了，并由此爱上了天边那金灿灿的太阳。

小时候心目中的太阳，是一个带着晒过的衣服的甜香味儿的梦想。我喜欢让自己整洁的小屋给太阳照得亮堂堂，也喜欢看万物在太阳的照耀下用力地生长。那时的我深深相信，总有一天，自己的生命中也会出现一个像太阳般热烈的梦想，指引我的去路方向。

日子在阳光下一天天晒过去，我却逐渐丢失了这个梦想。我开始害怕太阳。我怕日出，因为它昭示着一个沉得挑不起的责任；我怕日落，因为它又带走了一段本可寄予希望的光阴。没有了太阳，我一个人失落地踽踽前行，继续着这伸手不见五指的高三生活。

茫然中，我试图寻找童年时那个快乐的梦想。可那个金黄色的太阳被我遗落在哪个星球、哪一座山头，我并不能记得。

直到那天，无意中我走进了一家初中时常光顾的花店。我挑中一捧深紫色的睡莲，暗香浮动，我却觉得少了点什么。低头一瞥，一桶橙黄色的太阳花正对我仰头微笑。

“买几枝太阳花吧！”店里的阿姨向我热情推荐。

“开得真好！”我忍不住点头附和。

“小姑娘，你笑起来也会像它一样！”

不知是为这个温暖的花名感动，还是被阿姨热情的话语所感染，抱着花儿从店里出来时，我只觉得有一束通透的阳光直打在我的心上，带着久违的力量，温暖向上。

那些花儿被我放进透明的玻璃瓶中，摆在我初中时的一张照片旁边。那是中考过后的暑假，我和爸妈去北戴河散心。我站在海边伸出手掌，掌心托着喷薄而出的太阳。

我想，那个太阳，我已经找回来了。

或许人生中有太多逼仄的甬道、晦暗的天气，我们走着走着，难免会走失了心中的太阳。但我们可以像小王子一样，不遗余力地为自己升上几百次的太阳。然后便可以在其中的某一次中，悄悄找回那个最真最美的金色梦想。

2007 年 7 月 4 日

浮生若茶

曾经以为，生活的滋味就像香纯的牛奶，或是凉爽的汽水，无比甜蜜与美好。

人一天天长大，经历过一些人和事，才终于发现摆在我们每个人面前的，其实只是一杯苦茶。茶中自有些清韵，只是我还无法参透。我没有勇气将它畅饮下去，可又并不甘于逃避。

于是，开朗的笑容不常再挂到脸上。前面的路仿佛一下子遥远起来，少了很多希望，多了几许疲累。“活着真没意思啊……”，这样一句颓废的话，很长时间以来，竟然成为了我的口头语。

爸爸大概是发现了我的异常。有天，他忽然不动声色地拿给我一本书，内容大概是关于人生智慧之类的，我并不太感兴趣，只是随手放在一边。

在一个夜晚，我突发其想，泡了一小壶花茶，坐在阳台的窗边，独享那习习的晚风与安静的月。这样的情境，或许是很利于人思考的吧。总之，我想起了爸爸的那本书。在一番费力地翻找之后，我终于又一次打开了它。

书还算好看，我读得很快。很久以来心思平淡的我，竟被一个清新的小故事打动了。

故事很简单。讲的大概是一个失意的年轻人，到寺庙里去向一个老僧求助。老僧先要来一些温水，为他沏了一壶茶，请他品，并且问他，“施主，这茶可香？”年轻人摇摇头，疑惑地说，“并无茶香呀。”老僧笑道：“这可是闽浙的名茶铁观音，怎会无香呢？”

说着，老僧另取了一个杯子，又放了把茶叶进去。

这一次，他用的是滚烫的沸水。年轻人不禁俯首去看那杯子，只见杯里的茶叶在沸水中上下翻滚着，沉浮着，与此同时，一缕醉人的茶香袅袅升腾，在禅房中轻轻弥漫开来。

我正回味着这个意味深长的故事，朋友的一条短信闯入我的手机。

他简单地告诉了我他病房的位置。早在放假前，就听朋友提起过，他这个假期里要动一个小手术。现在情况估计已经很好了吧。这样想着，我还是决定要去看一看。

第二天一早，买了一大把新鲜的花儿，我直奔医院。

一路上，想象着他在病房里谈笑风生的样子，一定还和往常一样。但不知为什么，心里多了一份隐隐的不安。他说要取出的脖子里的囊肿，有多大呢？会恢复得很好吗？来不及多想，我沿着医院的小径，急急找到了他所说的那栋五官楼。

走进病房，看到一位阿姨正走来走去地忙碌着，脸色很有些憔悴，想那一定是他妈妈了。

我低下头来看躺在病床上的人，一下呆住了，久久都不敢辨认：他正直直地望向天花板，眼睛里的神采似乎完全被吸干了；脖子上很紧地缠着一层层白纱布，还渗着血迹。看到我进来，他微微地笑了一下，身子却动也不能动。

他的妈妈看着我，温和地解释说：“……囊肿比原先预料的要大得多……本以为只是个小手术的。牵连面积太大，连气管也切开了……”

她一边说着，一边把一个塑胶的小管伸入到他脖子的切口里去。小管的另一端，接着一个挺大的玻璃桶。我研究了一会儿，明白那是一个吸痰的机器。每隔几十秒，阿姨就要把小管伸进去为他吸痰，不然就看到他脸色憋得通红。“他现在天天盯着我看呢，一下也不让离开，就好像我是救命的人……”，阿姨轻轻地笑起来，脸上写满了深深的疼爱与无奈。

“妈妈最辛苦。”朋友不能说话，只能在手机上打出几个字来给我看，“她有两天没睡了。”我把手机递给他妈妈看，她看后故意用一种埋怨的语气说：“是呀，你不让我睡呀。”说着，拿起一个滴管，小心地向他的气管里滴了一点水。他立刻对他妈妈伸出大拇指，表示她做得很好。

看着他们母子间默契的样子，想起爸妈平日里对我细致入微的关心，似乎有很多都被我不耐烦地拒绝，或是忽略掉了。可是，在我每一个最艰难的时刻，还是只有他们会寸步不离地陪守的吧。想到这里，我忽然很愧疚。

我坐在那里，并帮不上什么忙，只是偶尔插进两句话。“对了阿姨，我还看到过他写您呢。那一次出的作文题目，叫温暖，他写的是有天放学回家，您倒了杯茶给他，他特别感动。”

“啊？还有什么茶啊？他最不喜欢喝茶了。”

听到阿姨这么说，他一下子急了，费力地用嘴形做出“奶茶”的样子。“哦，对，是有一次，超市里奶茶大减价嘛，我就给他买了一大包。”阿姨好像想起了什么，微笑着解释。

过了一会儿，阿姨又问，“你们小孩子是不是都喜欢那种甜津津的饮料啊。”

后来，自己又说了什么，又聊了多久，我好像都不太记得了。只是，那段和他妈妈关于奶茶的对话，却在我心底越发清晰起来。

回想从前，我们似乎都是尚未经历过生命曲折的小孩子，对奶茶这类温柔的饮料十分钟情。而如今，走过一段岁月之后，当一杯杯冽人心脾的苦茶摆在面前，我们能够勇敢地举杯吗？我们又是否有这样的能力，将那份难言的涩，化作涤荡人心的清明？

我不确定。

日子一天天地过去，有时我们也会发发短信。他的情况并不是太好，但是每天都在进步。我知道，他插上了胃管，一直捅到胃的深处，每天恶心得无法入睡；我知道，他的鼻子能呼吸了，空气在鼻子里面甜了整整两天；我知道，他一直在练习自己发声说话，但效果还不太理想。我还知道，他能下地走动了，每天最多可以绕病房走五圈。

有天半夜，我忽然收到他的一条信息："不许你再说厌世的话，因为那都是胡闹。"

盯着屏幕，我看了很久。几乎呆得说不出话来。

很难相信，这样的短信会是出自他之手。而我终于明白，他将再不是那个每天叫嚷着日子无聊、玩世不恭的家伙了。

想着从前，我们每天都只是安心过着安逸的日子，就像那温水中的茶叶，永远无法散发出属于自己真正的清香。或许只有在沸水中翻滚几回，才能让我们看到更多的真相。而在这一沉一浮中，我们也得以快速地成长和蜕变。

我这个人，向来是对为伤病同学献上爱心之类的事情充满热情的。白天的时候，偶尔想起他来，觉得他躺在病床上一定会很无聊，也会拨个电话过去。他还不能说话，通常是我先自言自语一会儿，然后他再连按几下电话键，以示回应。

我们还设定出了一些有创意的规则，比如按一下键，表示同意；按两下，表示否定；按三下，表示开心的笑声"哈哈哈"。如此来回，每次通话仿佛都变成了一种很有趣的游戏。我很快便习惯了这种只要自顾自说话的角色，只希望这样能使他尽量少想自己那难受的病。

很多时候他“说”得累了，我就读书给他听。有时候是自己喜欢的感人的长故事，还有从青年文摘上看到的小笑话。有一次，我把那个寺庙里的老僧给年轻人沏茶的故事讲给他听。

“你听懂了吗？”

“嘀。”

“那你要不要当不屈不挠的那一种茶叶，坚强地面对开水，然后飘出满室的香味呢？”

“嘀——”

电话那边，传来长长的一声按键音。紧接着，便是一阵又一阵剧烈的咳嗽，还有吸痰机器呼呼的声响。

我放心地挂下了电话。我知道，他很痛，可是从他按下的答音里，我仿佛听到了一种很坚定的对于生命的信仰。这份信仰，或许是曾经深埋在我们每个人心底的。多少年来，它一直默默支持着我们，走下去。

记得那是一个下午，我正在酣睡中，家里电话忽然响声大作。我朦朦胧胧地接起来，听到一声低沉的“喂。”那声音似曾相识，但我也并不太确定。

“喂，雅文吗？”——电话似乎被另一个人抢去，话筒里传来阿姨高兴的声音，“他刚才能说得出话了，让他来跟你说啊。”

“我，我——能——说话——了！”是他！我细细聆听着，那是一个一个字用力吐出的发音。电话那头是他一阵阵粗重的呼吸，我也能感受到他那份难掩的激动心情。“你恢复得好快啊，要加油练习哦，我这就过去看你。”我连忙鼓励他，笑意已经漾在脸上。

“好——的，再见！”他艰难地说。

放下电话，我睡意全无，打上一辆车就到了他的医院。

朋友果真已经恢复得很好，我陪着他，在病房楼下的院子里来回地走。

夕阳为脚下的路铺上一层金黄，身旁的一切，也都显出一种安静的美好。“就像是重新活过了一次一样！”朋友轻轻感叹着。迎面吹来的风很是清凉，我用力地呼吸，仿佛也感到了不同以往的舒畅。

“看，——有只猫！”他像个小孩子一样开心地叫起来。我沿着他手指的方向看去，果真，一只小猫趴在花坛旁边，一边轻轻挠头，一边用爪子认真地拨拉碗里的食物。他一下说不了太多的话，还是用短信打给我看：“还有一只花颜色的猫，曾经也在这里，我和妈妈下楼散步时，常常过来看它们。”

我蹲下来，翻看朋友手机里一张张神气活现的猫咪照片，不禁笑了起来。

我很开心，在这座死气沉沉的医院里，竟也能够发现如此灵动的生命。但我更敬佩朋友，因为他在那些本该绝望的时刻，还保有这样一双发现美好的眼睛，和那样一种珍爱生命和心情。

我想，或许生命一直是个永恒的话题，谁也无法真正地超脱和参透。可是，只要太阳还是日复一日热情地从东边升起，只要草叶间依然还有茶的清香，那么所有的痛苦也会比较容易忍受，而生命，也仍然是值得信任与热爱的吧。

趁猫咪不注意，我拿过了它的小碗，把自己水壶里的花茶水轻轻倒了一些进去。

“别胡闹！”朋友抗议地说。

“不，我今天的茶水有很特别的味道，它一定会喜欢的。”

“哦，也许是吧。”朋友像是想起了什么，终于也点了点头。

夕阳下，我和朋友不约而同地深深笑了起来。此刻，我们终于明白，无论生命怎样安排，我们都在努力浸泡属于自己的味道。而活下去，并且幸福，这比什么都重要。

2007 年 8 月 15 日

幸福的面包

每天最期待的，是中午的时刻。我们五个女孩子一起，手拉手冲出校门，浩浩荡荡地去找饭吃。天是湛蓝湛蓝的，上面挂着棉花糖一样可爱的白白云朵。清新的空气带着午后特有的暧昧，让人的心情也同头顶上的天空一样，无边无际地碧朗了起来。

午后的阳光总是闲闲的，街上只有稀疏的行人，脸上闪着舒服的倦意。马路上偶尔驶过的车辆，司机也总会好脾气地做手势让我们先走。尽管这样，每次过马路的时候也总忘不了互相提醒一句“要小心啊。”然后微笑着握到彼此手心里沁出的细密汗意，温热而有力度。

马路的对面，会站着一位四五十岁的小贩，稳稳地杵着一根大木棒子，等着卖一块或两块钱一根的冰糖葫芦给我们。我并不爱吃酸的东西，每次却也总是要买上一根。因为实在太喜欢看到它外面那一层厚厚的冰糖，有着不规则的形状。举它起来对准太阳的时候，会渗出一层微淡的黄光。

每到这个时候，气氛就开始活跃起来。几个女孩子一起叽叽喳喳地议论起学校里发生的事情，开心的，伤心的，或是担心的，仿佛只要彼此理解地拍拍肩膀，所有不快的阴霾就会一哄而散。也记得一个个不可自抑地大笑起来的瞬

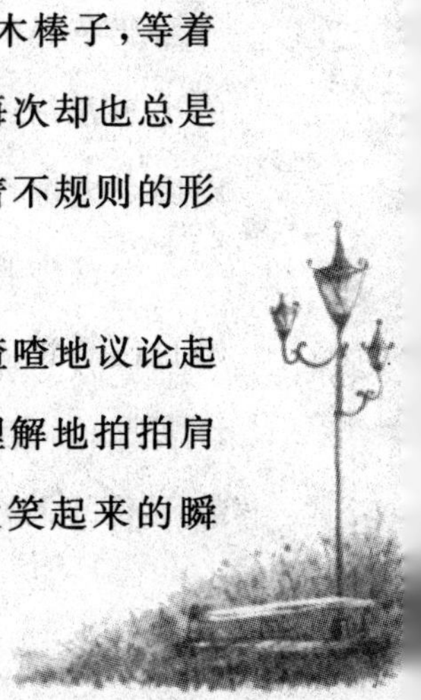

间，温和的阳光从树梢的缝隙里碎裂开来，悄然绽放在每一张年轻的脸上，跳跃出生动的光泽。阳光下的一切都显得是那么的纯净明朗，不染一尘。

而我也会在自己的糖葫芦被瓜分之前，急急地咬上几口。那酸酸的甜味咬在嘴里，烈而不腻。尽管一直不确定，是自己习惯了山楂的酸味，还是身边那一张张热情爽朗的笑容，足以将一切酸苦都冲调到很淡很淡。

一直往前走就会遇到自己一直钟爱着的面包店。里间是现做的热气腾腾的面包。那浓醇的香气隔着老远就会争先恐后地跳进我的鼻子里，把人心也搔得酥酥痒痒的。迫不及待地冲进去，每天我们都要勇敢地尝试新的品种。即便并不怎么成功，也都安慰着自己这是别有风味的。大口地嚼着东西的时候是那么的快乐，仿佛半天的疲累与惶惑，都可以在伴着葱花的肉松与顶着鸡蛋的面包中得到最温暖的慰藉。温厚的香气柔软地包裹住了我们这些还天真得像个小孩子一样的人，弥漫出最简单的随意。

珍珠奶茶是店里的特色。我最欣赏的是木瓜味的，但大家却似乎都更钟情于咖啡味，慢慢我也开始习惯。虽然那种浓厚深苦的气息会勾起我许多热烈的记忆，熬过夜的头疼和许多烦到可以哭出来的事情。但我想那是生命给予我的深刻。每天的一杯奶茶会在大家手里来来回回地传递好久，每个人都能喝上大大的几口。我想，这就算是“有福同享，有难同当”吧。

奶茶喝到最后的时候，会频繁地吸到一粒接一粒的“珍珠”。一个个滑溜溜的小东西钻进嘴里，再狠狠地咬下去，就可以碰到实实的内仁。仿佛是历尽风雨后令人惊喜的小收获，够我们在嘴里细细地咀嚼回味好久。

慢慢地自己竟然也深深地喜欢上这样生活的感觉。没有警示的名言激励自己勇往直前，也不曾有过什么激烈苦痛的哲理思辨。但这也许并不妨碍许多深刻而美好的东西在自己的身体里缓缓沉淀。许多时候更愿意做个恬静平和的人，像个幸福的小乞丐，傻傻地守住自己平淡的喜欢。但是也会有一种坚持推动着我一直微笑着往前走吧，美美地去品啜我一天天有滋有味的小日子。

这样，就很好了。

今天中午吃过午饭，和她们一起牵着手往回走。天似乎比以前更高了，我想这就是所谓的“秋高气爽”吧，但冷冷的风却吹出一股凄清的味道。我突然很害怕地想，今天握在手心里的这一切，我们冰糖葫芦上闪闪发亮的青春，我们苦苦的咖啡和温暖的小面包，会不会也随着某个收获的秋天，画上安静的句点呢？总有一天，我们再也回不去了。

忽然间很想哭了，但又觉得没什么。我知道自己会一直记着，记着我们五个女孩子暖暖的相亲相爱，记着彼此间细腻的关怀。然后，就可以在某个明亮的下午，捧着记忆的面包，就着成长的快乐，含着泪，将幸福吃得饱饱的。

2007 年 10 月 18 日

月亮的孩子

大片奢靡的阳光，无力地打在我的脸上。久久地，不愿睁眼睛。

很奇怪地，就是觉得愧对这样一个春日的上午。讨厌这样的感觉，好像白白占有了太多的美好，反而空虚得没有力气。

因为哭过，头也昏沉地痛了起来，就像尚未痊愈的感冒一样。而我也多么希望自己这次遇到的只是一阵小小的感冒，而不是一份实实在在的“职业理想调查表”。

呵。文理分科。

我必须开始重新认真考虑我未来的人生。

有人将它们比喻为七月里的左右手，我觉得这并不恰当。文科与理科，它们分明是截然不同的事物。就像那天上的太阳和月亮。

骄傲的太阳，或许是父辈们眼中最为“正统”的理科。它代表着蓬勃的发展，舒适的生活，还有喧嚣的生命力。总之，该是一个安心又光明的未来。

而月亮，永远是那样，宁静安详。她是山间踽踽独行的寂寞，是暗夜饱受委屈的冷落，和那一份不被人所知的清明的坚持。

我想，我是月亮的孩子。

可是，我终究也是没有什么底气的。心里的梦想，就像天上那忽隐忽现的月亮一样捉摸不定。而我，也不过是个不够成熟的，还爱哭的小孩，而已。

妈妈毕竟是个通达的人。整整一下午，她拉我去见了许许多多的人。几乎所有她认识的学文的人，我们都拜访遍了。

去见最后一个叔叔的时候，天色已经很晚了。我们临走时，他微笑着对妈妈说："就让您的女儿去学文吧，她说话全部都是用的文科的思维。"

妈妈又沮丧起来。我知道，在她看来，文科的思维就是没有思维。

我们出来的时候，夜已经很深了。我惊喜地发现，天上挂着一轮好大的明月。对着那一片白亮通透的光，我头一次发现这月竟也能亮得人睁不开眼睛。

其实本来也没有什么好奇怪的。月本无光，那所有它散射出的光芒，不就都是太阳燃烧的热量。

直到今天，我才终于确定，文科，它就是我所深深爱着的。不是年少轻狂的冲动，更不是承受不了日光之烈而选择的懦弱的逃避。

当然我明白，现在即使是它对于自己，也还像遥远的月一样不可企及。我必须忍痛割除许多沉积已久的恶习，才有资格，享有月光这样纯洁美好的东西。

那怕什么。为了梦想，我还相信自己会有风吹不散的希望，和雨淋不灭的倔强。

踩着一地银亮的月光，我们一步一步前行。望着前面妈妈佝偻的背影，我在后面碎碎地念着：

妈妈啊，总有那么一天，我会让你看到那天上的月亮，也是太阳的光。

那晚，在月下，我不知自己一个人又静静坐了多久。我应该是想了很多，然后又带着美梦香甜地睡去。次日睁开眼睛，一段清晨里微笑的阳光，使我的生命重新充满了力量。

妈你相信吗，一切都会好起来的。

因为月亮的孩子，也要做生活的强者。不要放弃自己的梦想，相信总有一天，它们就会像阳光一样闪亮。

灼灼烈日下，我庄严地起誓，以爱和希望的名义。

2007年5月8日

幸福得发亮

刚刚在家乐福门口买了一堆廉价的电火花。

是类似于年三十夜里挥着四处走的那种焰火棒，不过要小很多。

点起来后有快活地四处喷射的小火花，不过一点也不会烫到手。

这让人有种小时候偷吃了糖果，却没有被发现的窃喜与小小的得意。

在家里面关了灯，和妈妈一根一根地擦燃。漆黑的屋子里迸射出星星点点的光芒，微弱得引人怜爱。

总归是有一点热闹的气息啦，就算是提前过年了吧。

新年快乐，新年快乐。

真应该把眼下的场景拍下来啊。这少见的灼灼的美丽，是值得烙刻于心的幸福印记。

忍不住将嘴角微微翘起，虽然仍会有一抹淡淡的忧伤挥之不去。

新年快乐，新年快乐。

真心的愿望永远不会过期。

让炽烈的火焰再燃出一场动人的奇迹，让我们的笑容如花，静静绽放在温柔的心底。

有星光都不足以形容的美丽。

2006 年 12 月 24 日

已经很好了

昨天下午去八中演讲，内容是有关于三毛。本来是鼓动了班里一批，包括波波在内的擅于鼓掌的同学一起前去助阵的(顺便大家还可以翘掉寒冷的体活课呀)，可是最后说不可以去那么多人。

选修课的时候大概地看了一下稿子，觉得自己都可以背得出来了。又让同学帮忙掐了一下时间，居然没有超时，好开心。可是去的路上，两个一起要去演讲的男同学一刻不停地探讨着高深的化学实验问题，就像大科学家一样，想着自己有些失望的化学成绩，心情又低落了。

到了那里觉得大家整体的演讲水平比我想像中的要弱一些。但看出来还是经过了认真准备的。可惜我的准备太仓促了，否则再加上幻灯片配好音乐效果应该会更好。

比较感动的是，在上台前的一会儿收到黄老师写过来的字条，大概是关于“大方点，自然些，不许扶话筒，深情一点儿”等的细碎嘱托，是刚劲的墨迹，淡淡绽放在纸上的优雅，顿时觉得勇气倍增。

上台之前去洗手间，路过镜子的时候看到那里面的自己，齐齐的刘海和闪光的唇角。虽然讲的时候由于不熟还是一直念着稿，但还是将嘴角的弧度保持到了演讲的结束。然后看到台下一张张同样的笑脸，好暖。

大家的评价都很好。就连一直说我很“欠抽”(总是忘词)的黄老师，也说我

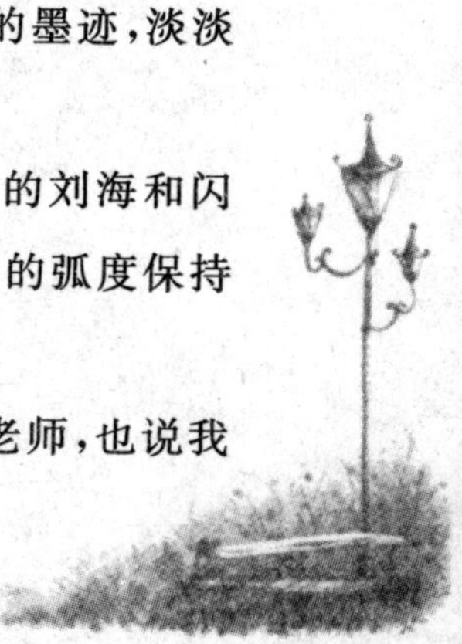

比他想象中讲的要好。回来的路上头晕晕的。下车以后手指都冻了。穿过学校的小卖部，居然买到了温热的午后红茶。把它紧紧握在心口。这是我抓得住的温暖。

和班长、支书并肩走在回家的路上。看天上半个胖胖的月亮，明得发亮。忍不住大叫："生活真美好！"

是的，这就是我想要的生活。像总是半个的月亮。

有一半光暖，一半黑暗；一半圆满，一半遗憾。伤感的一半挂在天上，幸福的一半写进心里。

这就很好了，已经很好了。

2006年12月

阳光、秋千、童年

今天下午去一个老师家。晕头晕脑地出来，看见楼底下一架小小的秋千。

买了一盒冰淇淋，坐在秋千上，高兴地荡呀荡。

那是一个看上去很大的院子，有很多很多的小朋友在一起玩。还有一个很可爱的保安，带领他们来回地踢球。

我坐在那儿，听着他们用稚嫩的声音开心地对话。为一点鸡毛蒜皮的小事认真地争论，在一张乒乓球台上快活地跳上跳下，从花园里揪一朵不太漂亮的小花。

那一刻，天地间都变得好美好安静。

小院里铺满了下午的阳光，衬出孩子们脸上阳光一样的神情。忽然觉得在世上，我所拥有的和他们所拥有的一切，都是一个好大的恩赐。

想一想，真是有好久了，我远离曾经所珍贵的记忆，一个人走上一条漫漫长路。这路上有辛苦，有尘土，害得我边走边哭。我都差点以为不会再有幸福。

可是今天，无意中闯入一个不一样的世界，这是别人的童年。画面那么清晰，欢笑如此响亮。

这样才记起，我曾经也是如此自如地享受过生命。只是身在其中，所以不曾觉得。只有走过了很长的时间之后，再次回望，才能从其中看出不

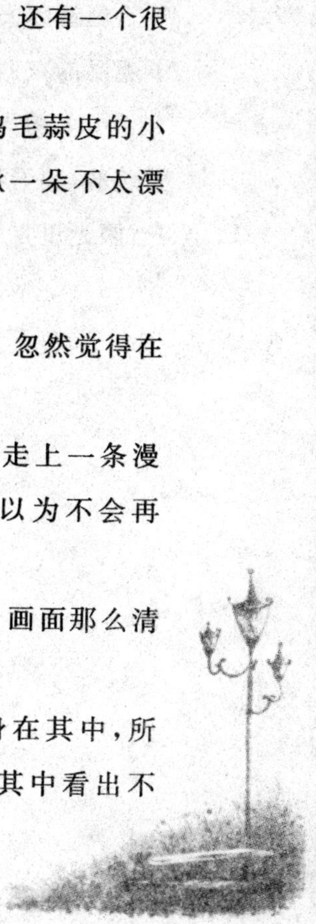

一样的东西。

这样就不再有什么怨言。似乎应该做的，只是耐心等待。

不知不觉地，一个多小时过去了。好依恋坐在秋千上的感觉，竟然想到一个句子："浩浩乎如冯虚御风，而不知其所止；飘飘乎如遗世独立，羽化而登仙。"

一直以来苦苦求索而终不得解的答案，也在这样一架破旧的秋千上找到了。

心情忽然又好起来。看到路边吐露新蕊的花树，打电话给妈妈，说下周好想去公园里走一走。

该回家了，让出租车停在离家不远的地方。

喜欢这样的下午，开始在街上慢慢留连。一个人吃面爱面。一个人去邮局。一个人逛面包店。一个人进那个卖小商品的店面。

最近越发习惯独处的感觉，一个人的时候，好像自己无比坚强。心里装下了美丽的东西，就不会觉得空虚了。

街上的人们忙碌着，我便对他们微笑，假装很不经意的样子。路过街角的大玻璃，我看到自己的眼睛里，有一架摇晃的秋千。秋千上有一大片金黄的阳光，阳光里是我远去的童年。

2007 年 4 月

蜗牛与毛毛虫

从前，有一只小毛毛虫。它最伟大的梦想，就是有一天，可以变为一只真正美丽的蝴蝶。

关于未来，它并不担心。因为在同伴中，它爬得很快。也因为它太小，小到没有见过下雨的样子，没走过坑坑洼洼的小路。

天很蓝，路很宽。心也很灿烂。

它一直以为自己是毛毛虫的。那一天，它路过一片芳香的花丛。花儿的笑容那么可爱，让它不由自主地停了下来。

它走进了花丛。那里全都是泥巴，还有硌得人生疼的石子，可是它不觉得。它觉得只要有满园的花花草草就可以了。这才是生命真正的意义。

它在泥土中笑着，跑着，开心地打滚儿，蹭了一身的尘垢。下过一场雨，尘土在它的身上凝结起来，形成一只壳的样子。

它变成了一只小蜗牛。

可是它并不觉得累。那个壳，就是它的家。拖着它，小蜗牛浑身厚重又踏实。它只想要，一步一步，向上爬。

它不知道未来是什么样子，只是隐约地觉得，那一定会是很光明的。它也没见过幸福的模样，也许，那就是一只蜗牛，傻傻地背着壳。

后来呢？

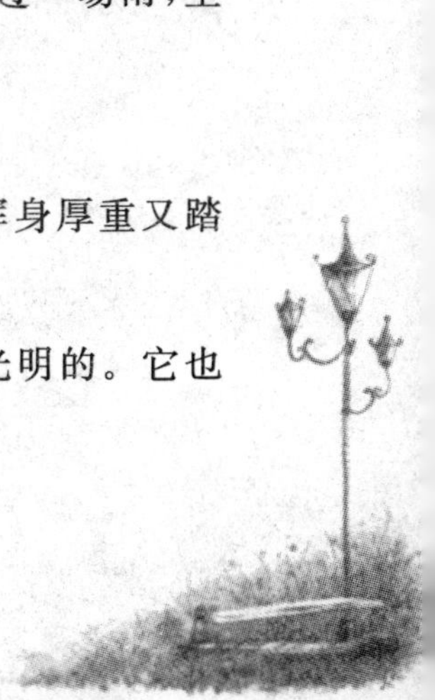

有那么一天，小蜗牛的壳，被生生剥离下身体。人们告诉它，别忘了，你是一只毛毛虫呢。你有远大的理想，你要做一只美丽的蝴蝶。又怎么可能被一个温暖的小壳束缚住。

它信了，于是便摇摇头，鲜血淋漓地向前爬。

生活不是幼年时金色的幻想。丢了壳的蜗牛，走到哪里都是伤。习惯了被壳保护的它，已经变得浑身黏软。小路上一点点的不平，就可以让它酸痛难耐，血流不止。

它哭着，埋下了头，爬啊爬。可是都不远。它好想回到从前的日子，做回一只小蜗牛。可是蜗牛，也不是牛。也不牛。

它不知道，自己怎么会那么想哭。没出息！它狠狠地说自己。它想，自己只是特别需要休息一会儿。能不再睁开眼最好。可是它还不敢那么做，因为会被别人嘲笑的。本来已经是个笑料了。

它常常想，到底它是蜗牛，还是毛毛虫呢？或许这个问题已经不重要了。是蜗牛，就会爬得很慢的；是毛毛虫，也变不成蝴蝶的。

蝴蝶，蝴蝶是什么？

那天，小蜗牛做了一个梦。在梦里，是三月阳春的天气，温柔的小蝴蝶满天飞。小蜗牛看着，看着，在这样一份美好的辛酸里，泪流满面。

它的蝴蝶，是什么呢？是每一张善良的笑脸，是每一个值得纪念的故事，是每一份执著的期待，是每一个卑微的灵魂，颤抖着歌唱。唱爱，和永远的自由。

小红兔，小蓝兔

兔子小蓝和兔子小红是朋友。

它们在一起。它们有很深的感情和很好的关系。它们也不知道为什么彼此这么要好。或许只因为它们在一起，天天天天。

兔子的想法，总是很简单的。

它们的生活是任人摆布的，总要尽力去争取一点并不想要的东西，所以，它们是毛绒玩具。但是，它们也是很有感情的，所以它们是兔子。

它们的主人，居住在一间豪华的大房子里面。想要住进来可不容易呵，所有的毛绒玩具都要经过严格的考试。只有那些可以用最快的速度，把散落在地上的胡萝卜都捡起来的兔子，才有进驻这间房子的资格。

小红是不爱捡胡萝卜的。可是没办法啊，谁都知道，小蓝是工厂里面，拣胡萝卜拣得最好的。小红想和小蓝在一起，所以在考试的那一天，小红也只好拼命捡拼命捡，把自己也捡进了这所大房子。

——总之，它们是要在一起的。

小蓝很喜欢小红的眼神，淡淡的，有汪清澈见底的忧伤；小红也很爱看小蓝的目光，暖暖的，有股令人安心的神奇力量。它们微笑，两颗喜悦的心便碰撞出细碎的声响。

它们开始只是彼此用来排解寂寞的玩伴。来来回回的路上，有了这微微的牵挂，步伐也显得轻快了许多。有什么话一起说，就不会觉得无聊了。纵情的嬉闹下，日子平淡如水，也闪耀着幸福的波光。

慢慢地它们建立了默契。能培养出这样的感觉，真的很不容易。可是它们有了别人听不懂的话和一起笑起来的词语，还有眼角和嘴角的小秘密。就是这样，它们让彼此觉得安全，还有心灵上的不孤单。为此它们很得意，为此它们很珍惜。

它们好像一直也没遇上过什么所谓的风雨。小红只知道，不管怎样，只要它难过受伤，小蓝总是会陪在身旁。小蓝很成熟，会为它引领一条条聪明的方向。小蓝有事情，小红也会很自觉地过去帮忙。因为它们只是兔子，所以它们没读过深奥的四书五经也不去刻意地追求什么人生哲学。但是它们懂得，自己是对方的朋友。是朋友，就是该互帮互助，然后一起开心的。

它们的故事就是这样。当然还有许多温暖的片断，说上几天几夜也说不完。但是你要相信，一切的故事都与爱有关，而爱包容了一切。

小红兔写下这个故事，是因为还有不久它就要离开这里了。留下这篇文章，可以作个纪念。

听说隔壁那间房子，到那里的毛绒玩具都不用捡胡萝卜，掰玉米就可以。小红虽然不太喜欢萝卜，但是它爱玉米呵。它连夜里做梦，都在不停地掰玉米。所以它决意，再过两个月，就要搬到那里去。虽然听说那间房子很破，风吹雨打的。但是小蓝对它说，能做自己喜欢的事情，付出一切都值得。它很感激小蓝的，因为真正的朋友，就是鼓励自己去追寻梦想的。

它会拼命证明给小蓝看，自己也是可以变得很强大的，再不用它跑前跑后地为自己担心了。

春天到了，主人带它们到凤凰岭去春游。或许因为平常胡萝卜捡得不够多的缘故，小红兔的身体还很不健壮。一路上，周围的兔子们帮了不少忙。其实小红是很喜欢这个和睦的大集体的，这里有小蓝兔，大白兔，还有许许多多善良的兔子，以及它们温暖的情意。它们应该都是很好的朋友，因为每当小红兔想起它们，总会微笑的。小红兔真愿意每天都和它们在一起，如果不用捡那么多无聊的胡萝卜的话。

回来的路上，主人给小蓝小红照了一张合影。按下快门的瞬间，小蓝把手霸道地揽过小红的肩头，还有意地挺直脊背，显得高出去一截。这样看起来，小红就是一副弱不禁风的样子了。"……本来嘛，蓝兔就是应该照顾红兔的。"小蓝说着这话时，笑得很自然。

往事拍成一张张精美的照片，深深地镌刻在它们心间。兔子小红又一次翻阅时，忍不住泪水红了眼眶。

阳光花仙子

每一朵花里，都住着一个花仙子；

每一个仙子，都在守望一段天真的阳光。

——题记

2007 年 1 月 15 日

今天早晨，守在校门口的姥爷，如约为我送来了期待已久的水仙花。我是个爱花儿的人，尤其偏爱这种植物，因而每年冬天都要养。

期末大考将至，校园里压抑着苍白紧张的气氛。初到这所全国著名的重点学校，我还并不很习惯。抱着厚厚的一摞辅导材料，我和旁人一样，面无表情地穿行在通往教学楼的甬道上，每一步迈脚却依然藏不住雀跃的心情。

我是个很容易满足的人。像今天，挂在桌边的两株水仙花苗，就让我的心底被一种柔柔的喜悦所充斥着。那真是一种特殊的感觉，就连头顶上惨淡的日光，也因此而变得灵动温和了许多。

2007 年 1 月 16 日

真好。

今天早上一起床，就看到我的小水仙快乐地站在窗边，含笑不语，把窗帘上的朝阳都映得清亮清亮的。

好像忽然之间，一件沉甸甸的生命责任就降临在我的身上，生命中猛然被注入了一股向上的力量。一个个动人的场景在我的眼前清晰地铺展开来。我在心底反复描摹着它们盛放时的模样。我知道，我将亲手完满一件关于生命的艺术。

——只要，只要我愿意。

心有期待，总是好的。

就连疲累的日子都轻快充实了许多。

2007 年 1 月 18 日

期末考试的第一天。

昨晚的熬夜复习，导致今天早晨起晚。当我气喘吁吁地赶到考场时，铃声已经响过一遍了。

年级组长站在教室门口，依然是平日里惯有的严肃风度，眼底却有一层很薄的笑意。“下次早点来。”他轻声提醒着，甚至还亲切地拍了拍我的肩膀。我能感受到那只手压在我右肩上的重力，清暖、坚实，仿佛是清晨细碎的阳光摔打在草叶尖儿上。

我原本慌张的心一下子坚定了起来。一种叫做信任与期待的温暖，静静地流淌在我的心间。

第一场考语文。我安心地坐在明亮的教室里，飞快地下着笔。一切进行很顺利。

迫不及待地回到家。

细心地照理我的花儿。它们的生命力都极旺盛，不出两天，就已经萌发了翠绿的叶子。生长在寒冬的植物，总是那么地值得尊敬。

2007 年 1 月 20 日

家里来了几位“不速之客”。

爸爸的一个朋友也从南方为他捎来了一些水仙。大概是由于旅途奔波的缘故，这些枝芽们全都生得东歪西斜。叶梢闪着焦黄的颜色，惨惨的。

忧心地凝视了它们一会儿，我断定，它们大概是没有复原的希望了。可老爸却不说一句放弃，看他那信心满满的样子，仿佛永远都不会缺乏一套解决问题的好办法。

从此只见爸早早起床，抱着他心爱的花儿，在客厅里来来回回地换水剪叶。尽管那几盆水仙一直是一副垂头丧气的模样，但他依然哼着歌儿乐此不疲地忙碌着。面对我怜悯的目光，还乐呵呵地说："一切总会好起来的。"

我并不信。可也不忍扫他的兴。只好附和着赞叹那几片返绿的小叶子。

2007年1月21日

数学考试的成绩公布了。

望着身边说笑着的同学们，我只感到深深的无力。好友默契地走过来，温柔地握紧了我冰凉的双手。面对她脸上关切的神色，我微笑着摇摇手，表示自己会很好。可是心里仍像饱和的水棉一样，只轻轻一按，就可以挤出许多泪水来。苦涩的，委屈的。我明白自己必须学会潇洒地放手，尽管曾经也是那么地不愿意任命。

早晨又一次迟到了。竟然又在楼梯口遇见了何老师。频繁地迟到，我没有理由解释。我想，我其实只是不知道该怎样面对即将到来的一切。他只是看着我，不说话。眼神却更加严肃了。那炯炯的目光，似有一股穿透人心的力量。是责备，更有一份深沉的慰勉。

老师的眼睛似有一股催人清醒的效用。在他的注视下，我忽然觉得，自己也是个能够承担起很多责任的人了。仿佛一下子跳出了困惑与自卑的黑色影子，我豁然开朗起来。我知道我还该用尽全力，去守护我那些花开一样芬芳的梦想。

晚饭的时候，善解人意的爸爸看懂了我的脸色，对于考试的事情并不多问，只是不停地给我夹菜。吃完饭，爸爸便直奔阳台。深沉的暮色下，我看着他佝偻的背影正一趟一趟地搬运着那些或许永不会开的花儿，看着他正用粗大的手指耐心地拨弄着发黄的小软叶，我的泪，终于一滴一滴，抑制不住地滚落下来。

我终于还是没有把那张卷子拿出来给他看。我想完全没有这样的必要。因为我终于明白，无论发生什么，总会有这样一个人，就像耐心地呵护那几盆不争气的花儿一样，静静守候在我蹒跚的身后。没有理由。无论风雨，晴天，永不会改变。有了那份坚定的温暖，我的心，再疼也不会乱。

我知道终有一天，我会骄傲地交付给他一份满意的答案。

2007 年 1 月 26 日

窗外的夜很深了。

我独坐在书桌前，带点不安的沮丧。我的双手，因为长时间的浸泡和用力，已经全部肿起了凹凸的小坑。并且微微地发着红和热。回想几天来的种种，心里很不是滋味。

前几天，爸爸的单位放假。他回老家去看望奶奶，临走前千万个叮咛嘱咐，托我照顾好那几盆柔弱的花儿。

开始，我还学爸爸的样子，精心地照料起它们。换水，清洗，一丝不苟。可是花儿共有八盆，那么多花，总搬来搬去地很是麻烦。而且它们摸起来也滑腻腻的，远不如姥爷送来的那两盆清爽、大气。

再加上时间也越发地紧张，渐渐地，我是那么轻易地忘记了自己的诺言，对它们敬而远之了。

记起爸爸归期将至，我才硬着头皮到阳台。怀着愧疚的心情，我把它们抱到卫生间，想要将功赎过，为它们洗一次痛快的澡。

可是待到细细观察才发现，一切远不像我想得那样简单好办。原本那澄明干净的清水早已变成了一盆盆恶心的黄汤绿水，往外倒的时候还散发出阵阵难闻的腐臭。

我强忍了作呕的心情，认真地清理起它们。只轻轻揉搓间，许多片脆软焦黄的叶子纷纷脱落下来，阻塞了下水道。脏水流走的速度变得异常缓慢，站在池边的每一刻都成了躁动的煎熬。

方才明白，那些原来我以为一定能够弥补的过失，终于在时间的撕扯下，裂成了难平的深壑。忽然想起自己曾经在物理课上的怠慢，还有那份一直疏于打理的数学笔记。我不知道它们是否也会像花叶阻塞掉下水道一样，牵绊住我未知的光明长路。

站在阴暗的卫生间里，手忙脚乱地对付着一盆又一盆棘手的腐花，想着自己入高中以来理科成绩的次次不如意，我的喉咙里一阵酸楚。无力地靠在墙上，我忽然想起老爸爱说的那句话："一切总会好起来的。"

是的，爸，肤浅的我直到今天才终于了解，你那不折不挠的含笑坚持背后，所蕴涵的全部深意。

也感谢你，爸爸，以这样无声的方式，指点给我一道温暖的方向。是你为我亲手升起了一轮叫做梦想的太阳，拨开层层迷雾告诉我，那是用不弃的汗水才能换来的希望。而那太阳周围辐射出的关于爱的光芒，也将会是感染我一生的力量。

爸爸原谅我，原谅这个还不够成熟坚强的我，已经不敢再信口许下任何轻浮的誓言。我能做到的，只是坦诚地接受生活中每一次艰难的历练。在这个属于我的阳光灿烂的冬天，用尽心力地绽放。

2007年1月28日

今天我对我的花儿发了脾气，对不起。

许是由于叶子的上端太过沉重了吧，或是花盆的型号不太合适，抑或是忽而吹过了一阵不合时宜的凉风——总之，经过了一个晚上，我发现其中的一盆花竟然斜着长了起来。这样，就有一部分根将吸收不到任何水分。

我试图将它扳过来，却无论如何也做不到。我气急败坏地摆弄着它，心里恨恨的。

清晨的阳光悠闲地照在我的肩上，有一种似曾相识的感觉。透过那一盆清亮的水，我仿若看到了一张张亲切的脸庞。是年级组长吗，还有其他许许多多给过我无私关爱的老师。在我犯下比花儿长歪要严重得多的错误的时候，是他们耐心的帮助，给了我无数难以估量的影响。

我的心里顿时释然了许多。我将花茎长歪的部分对准阳光的方向，又轻轻拍了拍它们的肩膀。我相信它们终会自己找到生长的朝向，就像老师，当初相信我一样。

而那些扶我奔向阳光的人们呵，总是如此令人深深感激。

2007 年 2 月 1 日

永远记得那一个暖洋洋的午后，我的绿盈盈的水仙，终于等来了它们生命中最值得纪念的时刻。

那天下午，一进家门，我就闻到了空气中一股很不一样的味道。

妈妈的香水？不，显然没有那样刺鼻；新买的饼干？不，似乎比那要清幽不少。是那样浅浅的牛乳香味，纯真，高洁。

啊，是水仙！我的花儿开了！我迫不及待地冲向阳台，——果真是它们。我被眼前的一幕所深深震撼，屏住呼息，甚至都不敢再靠近一步，生怕惊扰了这份美丽。

眼前这八盆花儿，整齐地排成一列，郁郁葱葱的叶直挺挺地立着，肃穆，又庄严。几乎每一盆，都鼓出了三两朵鹅黄的花蕊。它们在花枝上立着，颤巍巍的，是骄傲又略带紧张的欣喜吗？还是为了撑开春天的梦想，已经耗尽了全身的力气？

虽然这是每年都养一遍的花儿，但每一次，还是为着这艰难的绽放而深深感动。——只是感动，然而却并不讶异，或许因为一路的挣扎一路的努力，再甜美的果实也成了自然而然的东西。它们盛放时那份扎实的快乐，似乎也可以将所有过往的苦涩统统抵过。

感谢这一池尽责的凌波仙子们，让我真切地体悟到，这就是我所热烈地爱着的生命。

我为我的仙子们祝福。

2007年2月4日

今天立春了。

花儿仍然热烈地开着，那争先恐后的样子，总让人感到热热闹闹的温暖。面对这个阳光普照的世界，我想它们没有谁是第一名也没有谁是第一千名。每一朵，都是值得我捧在掌心温柔凝视的小生命。

其实我一直觉得，花儿都是有灵气的。甚至固执地相信，每株水仙里都住着一个天真可爱的花仙子。她们稚嫩的生命，因受到悉心的照料而得以健康地生长；她们灵魂的花朵，因身边真诚的爱意而弥散芬芳。

虽然知道这世间没有持久不变的事物，但相信时光逝去，美会留下。因而所有离我们而去的心爱东西，也都会像是纯洁的仙子，回归了永恒的天国。

而我们要做的，只是在这有限的生命时光里，尽力地绽放自己的美丽，尽情地散播自己的爱意——好让这份动人的感情，生生不息地流转下去。

坐在早春一片明媚的阳光里，水仙的笑脸都被涂抹上了一层安静的诗意。我想，我该这样来形容我的花儿：

它开过，还很美。

远航

周五的傍晚，总习惯到学校对面的小书店里去看一看，满满一书架缤纷的青春文学终于让我感到不胜厌烦，在一个安静的小角落里，我看到了这本《老人与海》。

蔚蓝色封面，拿在手里，很薄。白亮的灯光打在书页上，那一刻，突然有了一种异常平静的感觉。

我喜欢看寓言。在一句句简单美丽的话里寻找属于自己的哲理，在我看来，是十分伟大的事情。童年时对这个故事就有些印象，当时只是为老人的大鱼被鲨鱼吃掉而深深惋惜。因此觉得现在十分有重读的必要。

老人圣地亚哥依靠一条平底小帆船钓鱼，度过了大半辈子。他的日子是贫苦的，他住在一间窝棚里，只有简陋的家具。

他已经八十几天没逮到一条鱼。他面色憔悴，手上有很深的伤疤。

不知道为什么，自己现在的心情，常觉得是灰色的。一天又一天，重复地失望，认输，以为生命就要如此地被局限住。可书中的一个句子感动了我，"……除了那双眼睛，它们像海水一样蓝，显得喜洋洋而不服输。"

这让我联想到书中另一个举世闻名的句子："一个人可以被毁灭，但不可以给打败。"是的，只要一息尚存，生活就算再残忍，也要站起身，再一次起跑，向前！

在出发捕鱼的前一晚，老人又梦到了狮子。狮子在他小时候见到的非洲，在金色和白色的海滩上面。或许，只有在梦境里，我们的心愿才是最真实的。狮子作为一种象征，在故事中反复出现。剥离了世俗的层层杂垢之后，我看到的是老人那一颗鲜活的心。它追求力量，要打赢生活。我相信每一个有心的人，都会有一个类似的梦境。它是一种温暖的气息，萦绕多年；它是一个深埋的梦想，历久弥坚。

当我们的心理饱受磨难的时候，它是唯一的也是最有力的精神支持。

在海面上，老人做着捕鱼前最精细的准备工作。钓钩在鱼饵中的位置，钓索的长度与垂直程度，都经过最用心的设计。他作为一个经验丰富的老渔夫，一丝不苟地做着他能想到的一切，不曾迟疑。

看着这一段，想到自己在学习和生活过程中因疏忽所犯的每一个错误，它们都不可弥补。我感到一丝愧疚了，面对这个认真的老渔夫。

在这个过程中，我还感受到了他的专注。在海面上度过的漫长而孤单的时刻，他想到了自己最感兴趣的棒球大联赛。他想，“干这行当有台收音机才美哪”，但转而竟又责备起自己来，“想想你正在干的事情吧。你哪能干蠢事啊！”

一个老人，在孤寂的海面，从事最难熬的工作，会因一时的分神而不停自责。那么，沉溺于色彩斑斓的甜蜜生活中的我们呢？我们何时又有勇气，为了一个遥远的梦，做出值得的牺牲？

老人是坚忍的。他立志与大鱼周旋到底，再痛再难也不放弃。他的脊背变得僵直，手在不停地抽筋，食物也令人作呕。可是他明白，这是一次较量，他唯一的筹码，便是自己的意志。老人说，“我要让它知道人有多少能耐，人能忍受多少磨难。”

老人赢了。那鱼是一个无比沉着的庞然大物，然而，它终于屈服。尽管后来它被鲨鱼们凶残地瓜分，属于老人的战利品所剩无几。可是今天，再一次阅读这个章节，幼时那种遗憾的感觉竟然变得很淡很淡。本来，一直在用意志与鱼、与生活抗争的老人，所追求的就是一种精神的胜利。这一次远航，他只是想要告诉自己，他还不老，“如果一心想要做到的话，他能够打败任何人。”或许，带着这样的信念，他才能够打到更多的鱼。

本来，还想认真地写一写老人与那男孩的友情的。老人说过，“那男孩让我活得下去。”看到书中两人间细微的爱与关心，几度感动到要落泪的程度。一个晚上的时间实在太短，无法写完这篇文章是个遗憾。但我想这样也很好，最重要的东西，还是留在心里。

晚自习回到家后，沉沉地睡去。现在是凌晨，在朦胧中醒来。在梦中，我仿佛看到一片蔚蓝色的大海。海上有一只破旧的白色小帆船，船上有一位老人。老人身边，站着他最爱的男孩。老人面色憔悴，眼里却闪着喜洋洋而不服输的光。

在梦中，老人又一次出发。

老地方

记得回来呀，

我会在老地方等你。

——题记

周五的时候淋了雨，站在一片朦胧中回望整个校园。伫立的雕塑，探出绿叶的长廊，还有图书馆里白亮的光。原本平静的心，忽然生起一股久违的感动。

才发现，这里已承载了我太多热烈的记忆。

闭上眼，和朋友在长廊里的诵读声还依稀能听见；小亭子里，急着上晚自习的我，仿佛还在快快地吃着一碗刚泡的面。而北京四中，这个一年前对我来说还很陌生的地方，已经伴着我一天天的行走，轻轻走进了我的记忆里面。

于是就想，生命中，总会拥有几个像这样的地方吧。

即便，只是一个不起眼的角落，可是因为存放了生命的片段，因为有了感情的温暖，它对我们，也就显得如此的非同一般。

回到家里，我似乎还沉浸在刚才的情绪里面，或许是新的学期来得太快。就这样地，回转身，和熟悉的一切远远告别。这样的姿势或许太过苍凉，于是总难免会让人心生感慨。静静地听窗外的雨，忽然很想将心中所有保存过的风景都统统重走一遍。

不经意，瞥见书桌上棕色相框里的老照片。小小的我，被姥爷姥姥紧紧抱在怀里。虽然少了一颗门牙，但还咧着嘴笑得无比开心。

童年的我，生长在一个朴实的北方小镇。在那里，傍晚有温暖的炊烟，秋天有南飞的大雁。一切都美好，又简单。清晨的阳台上，我总在认真地读着姥姥为我制作的拼音卡片。家门前的石子小路上，哥哥用他的小自行车带我，骑了一圈又一圈。家里的摆设陈旧又杂乱，厨房里小灯昏暗，可每每想起，还禁不住怀念那份无可替代的温暖。

后来，是自己毅然选择了离开，收拾一件简单的行囊，到梦想中的远方，逐梦，求学。每当在大城市辉煌的灯火中迷失了方向，每当又陷入那份无法排解的孤独、彷徨，闭上眼，仿佛就能闻到家乡的老树上，淡淡飘来的桂花香。

再后来，家人都搬了过来，老房子也在政府的规划下拆掉了。

这两年，总想再回去一趟。可是又很怕，怕一切与我印象中的那个“家”的感觉有了太大的不同。于是宁愿相信，它还在，在一个遥远的地方。无论这世界再忙，它也永远是那副宁静安详的模样，等我回家，为我受伤的心上再度铺满灿烂的阳光。

这个漫长的暑假，和朋友一起回过一次小学的校园。

门卫老伯微笑的模样还是没有变，只是早已认不得我了。站在校门口的石头上，我们似乎也是生平第一次，感到了光阴的力量。

曾经觉得好长的一段小径，现在只几步竟也可以轻松地走完。操场上是一张张陌生的稚嫩的脸庞，依然玩着我们以前最热衷的游戏。相比之下，我们有些显得身形笨拙。老地方的一切都没有变，只是全新的故事早已开始上演。

原来时光正是以这样含蓄的方式，向我们诠释了关于生命的过程。旧景仍在，物是人非，我却并没有太多的感伤。只是忽然一下子，好像醒悟了身上责任的沉甸。以前，总觉得大人的世界太远，也总把自己当成不用长大的小孩子。

回到老地方，才终于想明白——生命是列疾驰而过的长途车，朝发夕至。曾经的站台，成千上万的新车正在浩荡而出。而我们，这些幸而为先驱的人们，能做的便是把这条神圣的路途踏平拓宽，好让后继的他们，一路平安。

诚然，我是一个念旧的人。年少的故事，有过的画面，经常会勾起我一些特别的感觉。总相信，一切有感情的东西都是有灵魂的。而那些我生命中曾经经过的，很老很老的地方，也就暂存了我一段又一段的灵魂。每每想起，都会有不同的感悟和收获。

窗外的雨还没停，细密的雨丝，翻飞出一片哗啦作响的记忆。那个曾经每天用单车载我回家的少年，我们的笑声，还响在夏日每一条明朗的街道；那个曾陪我在单杠边一起痛哭过的女生，每当我抬头看，操场上的天空还是和那天的一样蓝；那个曾约我促膝长谈到很晚的老师，教师节回去，她的办公室里还充溢着鲜花的香气。

今夜，在这个秋雨阵阵凉的时刻，原谅我又一次情不自禁地想到了你们。

我说过我会回来，可还是，一直在走开。

告诉我，你们还好吗？

我们的老地方，还在吗？

其实是知道的，它一定一直在我的心灵深处占据着一席之地，我会不舍得忘记，纵使，年华老去。

探出头去，看窗外一小块美丽的花园，被今夜这一场淅沥的小雨打得叶子鲜绿。

太多冗杂的华丽，就让它随风散去；盛开的，是永不凋谢的记忆。

记得，回来呀。

我会在老地方——等你。

2008 年 9 月 9 日

后记

后记之一

我看到了一个北邮版的龙应台，但抱歉由于诗歌造诣实在不足，无法概括她身上所同时具备的诗人气质。

我看到的不仅仅是一个对文学充满向往的女孩，更是一个对文字充满天生的灵性的明日之星。

不过此话由我来说也不知道是不是妥当，我自己恐怕也并不如这位小师妹吧。

但至少我相信，随着人生阅历的增加，其文字会愈趋成熟，其见解会日趋独到，对生活的感悟也会越来越深刻吧。

实在忍不住再多嘴两句。

她在文学上是真正有前途的，但作为过来人，还是有几点真诚的建议。切记的是，若真是热爱文学，并有心一生依附，就需付出加倍的努力。因为北邮毕竟是一所工科学校，我在这儿后知后觉两年后却突然发现，自己的才气竟消失了这么多。我最近开始试图挽回，但愿为时未晚。所以我尤其不愿看到有人重蹈覆辙。

在北邮，也不能忘了自己的信仰。

加油，她一定前途无量的。

北京邮电大学 陆伟

2009 年 9 月 20 日

后记之二——诗人

从她的名字来讲，她注定要学文。思达叔说："你说诗人要是叫做文雅李（文亚理），不就学理了吗？""笨蛋！女生叫这名多别扭啊？"而波波一旦想要吃她几片薯片，得直到他发出稚嫩的声音叫"文文姐姐"才办得到。

诗人之所以叫诗人当然也是由于她文章写得太好了，在军训时上报率竟然有80%，甚至写了一篇考场作文都比老师爬格子挣的搞费都多（老大濒临下岗）。唯一的缺陷就是身体素质不算太好。这不禁将这样一个女孩子和一些宝玉结合在一起。

在我最初进入11班时，我看到她产生了一种幻觉，她长得酷似我在初中时的倒数第二任同桌的那位女生，总觉得她们两个就像双胞胎一样；然后碰到波波，一接触也发现他性情和我们班的另一位酷似，幻觉加重了。似乎每个人，都能够在初中的班里找到原形。但是随着我换了一个400度的眼镜，幻觉才破灭了。这是一个高度团结的集体，这也是和同学们接触了很长时间才领会到的：思达叔很幽默，只是说话不注意分寸；波波性情还是很诡异的，不是想象中那么直白；诗人一直是那么文静，不像我的那任同座，那是相当火爆！

无论诗人说什么，都是细声细语，就像一阵微风吹过，似乎没有强弱高低之分（声音的三要素我说完了）。从她的话中，如果不认真听，恐怕是听不出来她内心的感触。

由于诗人的存在，班里好多人都开始想学习她写文章的文风，班里人的文风变化很大，但是无论怎样，诗人只用她的三分力就可以写得相当好了。诗人写文章极好已经是一个不争的事实了，但是她写文章最出名的在于她的文章长度，太长了！

文章长也许是好事，也许是坏事。好事在于诗人已经开始向更高水平去迈进了，比如从小小说到短篇小说(这个过程估计已经完成了)，短篇到中篇，中篇到长篇，最后成为文豪，独领风骚上百年。如果说能够收集到她的所有文章并记成文选，让我们这么一卖就发财了(开个玩笑)。要说是坏事恐怕就是考场作文时间不够，以及必须得买一沓儿作文纸。最近她又和同桌合写文章，恐怕这是解决此问题的上策，毕竟字数上少了30%。

可能出于写文章的惯性，要是让她讲讲话，旁边再安排一个速记员，恐怕这个速记员在她说到一半的时候就昏过去了。因而不知是谁想出了一个妙计，用“此处省略××字”来代替。如果令x轴是时间，y轴是音量，我不知x轴有多长。

说了半天诗人，还没有说她的诗。她的诗最大特点在于合辙压韵，就连写文章都是这样的。虽说老大说诗太压韵也不好，但是就全文全诗的压韵，恐怕无人能敌。这就是以写文章为乐的人，一个伟大的人，一个不平凡的人。但是不要只看她文采过人，她其实并不想当作家，而是想去当经济学家。志向的确很宏大，我不做过多评论，因为“燕雀安知鸿鹄之志”。我还是研究炸弹去吧。

当我们知道诗人决心去学文时并不是很惊奇，就是听到大白兔和帆总要去学文时，芳菲姐说：“完了！全市学文的不知要后退多少名了。”思达叔说：“耶，我们学理的又可以涨几名了！”我说：“他们一过去，说不定把文科给盘活了，这样重理轻文的风气就改过来了。”16人说：“等到一高考，文科分狂涨，因为竞争太激烈了。”

诗人去学文，刘老师有功。化学老师鼓动诗人学文，的确有些一反常态。

北京四中校友 崇岩

2007年5月19日